闻一多 诗文名篇

→ 现代文学名家名篇

闻一多（1899-1946），原名家骅，又名亦多。湖北浠水人。著名学者、民主战士，新月派代表诗人，他的诗继承了中外诗歌的优良传统，精炼、严谨，富有创造性，具有独特的艺术风格。

时代文艺出版社

图书在版编目（CIP）数据

闻一多诗文名篇 / 闻一多著. —长春：时代文艺出版社，2009.11（2021.3重印）
（现代文学名家名篇）
ISBN 978-7-5387-2836-1
Ⅰ.①闻… Ⅱ.①闻… Ⅲ.①诗歌－作品集－中国－现代 Ⅳ.①I266

中国版本图书馆CIP数据核字（2009）第204122号

责任编辑　刘瑀婷
助理编辑　史　航
排版制作　隋淑凤

本书著作权、版式和装帧设计受国际版权公约和中华人民共和国著作权法保护
本书所有文字、图片和示意图等专有使用权为时代文艺出版社所有
未事先获得时代文艺出版社许可
本书的任何部分不得以图表、电子、影印、缩拍、录音和其他任何手段
进行复制和转载，违者必究

闻一多诗文名篇

闻一多 著

出版发行 / 时代文艺出版社
地址 / 长春市福祉大路5788号　龙腾国际大厦A座15层　邮编 / 130118
总编办 / 0431-81629751　发行部 / 0431-81629755
官方微博 / weibo.com / tlapress　天猫旗舰店 / sdwycbsgf.tmall.com
印刷 / 三河市嵩川印刷有限公司
开本 / 710mm×1000mm　1 / 16　字数 / 200千字　印张 / 18
版次 / 2010年1月第1版　印次 / 2021年3月第5次印刷　定价 / 55.00元

图书如有印装错误　请寄回印厂调换

目录

闻一多诗文

红　烛 / 1
李白之死 / 4
剑　匣 / 13
西　岸 / 23
雨　夜 / 27
雪 / 28
睡　者 / 29
黄　昏 / 31
时间的教训 / 33
二月庐 / 34
印　象 / 35
快　乐 / 36
美与爱 / 37
诗　人 / 39
风　波 / 41
回　顾 / 42
幻中之邂逅 / 43
志　愿 / 44
失　败 / 45
贡　臣 / 46
游戏之祸 / 47
花儿开过了 / 48
十一年一月二日作 / 50
死 / 52
深夜的泪 / 54
青　春 / 56
宇　宙 / 57
国　手 / 58
香　篆 / 59

目录

闻一多诗文

春　寒 / 60
春之首章 / 61
春之末章 / 63
钟　声 / 65
爱之神 / 66
谢罪以后 / 67
忏　悔 / 69
黄　鸟 / 70
艺术的忠臣 / 72
初夏一夜的印象 / 73
诗　债 / 75
红荷之魂有序 / 76
别　后 / 78
孤　雁 / 80
太平洋舟中见一明星 / 84
火　柴 / 86
玄　思 / 87
我是一个流囚 / 88
寄怀实秋 / 90
晴　朝 / 92
记　忆 / 94
太阳吟 / 95
忆　菊 / 98
秋　色 / 101
秋深了 / 106
秋之末日 / 107
废　园 / 108
小　溪 / 109
稚　松 / 110

目录

闻一多诗文 ③

烂　果 / 111
色　彩 / 112
梦　者 / 113
红　豆 / 114
收　回 / 133
"你指着太阳起誓" / 134
大鼓师 / 135
也　许 / 138
忘掉她 / 139
泪　雨 / 141
末　日 / 142
黄　昏 / 143
我要回来 / 144
夜　歌 / 146
心　跳 / 147
一个观念 / 149
发　现 / 150
祈　祷 / 151
一句话 / 153
罪　过 / 154
天安门 / 155
飞毛腿 / 157
闻一多先生的书桌 / 158
雪　片 / 160
朝　日 / 161
忠　告 / 162
率　真 / 163
志　愿 / 164
伤　心 / 166
一个小囚犯 / 167

目录

闻一多诗文

所　见 / 170
南山诗(古诗今译) / 171
晚霁见月 / 173
醒　呀！/ 174
爱国的心 / 176
叫卖歌 / 177
纳履歌 / 179
答　辩 / 181
相遇已成过去 / 182
奇　迹 / 184
园　内 / 187
渔阳曲 / 204
七子之歌 / 212
长城下的哀歌 / 216
笑 / 225
大　暑 / 227
闺中曲 / 229
我是中国人 / 231
故　乡 / 235
愈战愈强 / 237
画　展 / 240
"一二·一"运动始末记 / 242
最后一次的讲演 / 245
家族主义与民族主义 / 248
复古的空气 / 252
关于儒·道·土匪 / 257
从宗教论中西风格 / 262
妇女解放问题 / 268
新文艺和文学遗产 / 273
诗的格津 / 275

红　烛

"蜡炬成灰泪始干"

——李商隐

红烛啊!
这样红的烛!
诗人啊!
吐出你的心来比比,
可是一般颜色?

红烛啊!
是谁制的蜡——给你躯体?
是谁点的火——点着灵魂?
为何更须烧蜡成灰,
然后才放光出?
一误再误;
矛盾!冲突!

红烛啊!
不误,不误!
原是要"烧"出你的光来——
这正是自然的方法。

红烛啊!
既制了,便烧着!
烧罢!烧罢!
烧破世人的梦,
烧沸世人的血——
也救出他们的灵魂,
也捣破他们的监狱!

红烛啊!
你心火发光之期,
正是泪流开始之日。

红烛啊!
匠人造了你,
原是为烧的。
既已烧着,
又何苦伤心流泪?
哦!我知道了!
是残风来侵你的光芒,
你烧得不稳时,
才着急得流泪!

红烛啊!

流罢!你怎能不流呢?
请将你的脂膏,
不息地流向人间,
培出慰藉的花儿,
结成快乐的果子!

红烛啊!
你流一滴泪,灰一分心。
灰心流泪你的果,
创造光明你的因。

红烛啊!
"莫问收获,但问耕耘。"

李白之死

世俗流传太白以捉月骑鲸而终,本属荒诞。此诗所述亦凭臆造,无非欲藉以描画诗人的人格罢了。读者不要当作历史看就对了。

　　我本楚狂人,
　　凤歌笑孔丘。

——李白

一对龙烛已烧得只剩光杆两枝,
却又借回已流出的浓泪的余脂,
牵延着欲断不断的弥留的残火,
在夜的喘息里无效地抖擞振作。
杯盘狼藉在案上,酒坛睡倒在地下,
醉客散了,如同散阵投巢的乌鸦;
只那醉得最很,醉得如泥的李青莲
（全身的骨架如同脱了榫的一般）
还歪倒倒的在花园的椅上堆着,
口里喃喃地,不知到的说些什么。
声音听不见了,嘴唇还喋着不止;
忽地那络着密密红丝网的眼珠子,
（他自身也像一个微小的醉汉）
对着那怯懦的烛焰瞪了半天:
仿佛一只饿狮,发见了一个小兽,

一声不响,两眼睁睁地望他尽瞅;
然后轻轻地缓缓地举起前脚,
便迅雷不及掩耳,忽地往前扑着——
像这样,桌上两对角摆着的烛架,
都被这个醉汉拉倒在地下。

"哼哼!就是你,你这可恶的作怪,"
他从咬紧的齿缝里泌出声音来,
"碍着我的月儿不能露面哪!
月儿啊!你如今应该出来了罢!
哈哈!我已经替你除了障碍,
骄傲的月儿,你怎么还不出来?
你是瞧不起我吗?啊,不错!
你是天上广寒宫里的仙娥,
我呢?不过那戏弄黄土的女娲
散到六合里来的一颗尘沙!
啊!不是!谁不知我是太白之精?
我母亲没有在梦里会过长庚?
月儿,我们星月原是同族的,
我说我们本来是很面熟呢!"
在说话时,他没留心那黑树梢头
渐渐有一层薄光将天幕烘透,
几朵铅灰云彩一层层都被烘黄,

忽地有一个琥珀盘轻轻浮上，
（却又像没动似的）他越浮越高，
越缩越小；颜色越褪淡了，直到
后来，竟变成银子样的白的亮——
于是全世界都浴着伊的晶光。
簇簇的花影也次第分明起来，
悄悄爬到人脚下偎着，总躲不开——
像个小狮子狗儿睡醒了摇摇耳朵，
又移到主人身边懒洋洋地睡着。
诗人自身的影子，细长得可怕的一条，
竟拖到五步外的栏杆上坐起来了。
从叶缝里筛过来的银光跳荡，
啮着环子的兽面蠢似一朵缩菌，
也鼓着嘴儿笑了，但总笑不出声音。
桌上一切的器皿，接受复又反射
那闪灼的光芒，又好像日下的盔甲。

这段时间中，他通身的知觉都已死去，
那被酒催迫了的呼吸几乎也要停驻；
两眼只是对着碧空悬着的玉盘，
对着他尽看，看了又看，总看不倦。
"啊！美呀！"他叹道，"清寥的美！莹澈的美！
宇宙为你而存吗？你为宇宙而在？

哎呀！怎么总是可望而不可即！
月儿呀月儿！难道我不应该爱你？
难道我们永远便是这样隔着？
月儿，你又总爱涎着脸皮跟着我；
等我被你媚狂了，要拿你下来，
却总攀你不到。唉！这样狠又这样乖！

月啊！你怎同天帝一样地残忍！
我要白日照我这至诚的丹心，
狰狞的怒雷又砰訇地吼我；
我在落雁峰前几次朝拜帝座，
额撞裂了，嗓叫破了，阊阖还不开。
吾爱啊！帝旁擎着雉扇的吾爱！
你可能问帝，我究犯了哪条天律？
把我谪了下来，还不召我回去？
帝啊！帝啊！我这罪过将永不能赎？
帝呀！我将无期地囚在这痛苦之窟？"
又圆又大的热泪滚向膨胀的胸前，
却有水银一般地沉重与灿烂；
又像是刚同黑云碰碎了的明月，
溅下来点点的残屑，眩目的残屑。
"帝呀！既遣我来，就莫生他们！"他又讲，
"他们，那般妖媚的狐狸，猜狠的豺狼！

我无心作我的诗,谁想着骂人呢?
他们小人总要忍心地吹毛求疵,
说那是讥诮伊的。哈哈!这真是笑话!
他是个什么人?他是个将军吗?
将军不见得就不该替我脱靴子。
唉!但是我为什么要作那样好的诗?
这岂不自作的孽,自招的罪?……
那里?我那里配得上谈诗?不配,不配;
谢玄晖才是千古的大诗人呢!——
那吟'余霞散成绮,澄江净如练'的
谢将军,诗既作的那么好——真好!——
但是那里像我这样地坎坷潦到?"
然后,撑起胸膛,他长长地叹了一声。
只自身的影子点点头,再没别的同情?
这叹声,便似平远的沙汀上一声鸟语,
叫不应回音,只悠悠地独自沉没,
终于无可奈何,被宽嘴的寂静吞了。

"啊'澄江净如练,'这种妙处谁能解道?
记得那回东巡浮江的一个春天,——
两岸旌旗引着腾龙飞虎回绕碧山,——
果然如是,果然是白练满江……
唔?又讲起他的事了?冤枉啊!冤枉!

夜郎有的是酒,有的是月,我岂怨嫌?
但不记得那天夜半,我被捉上楼船!
我企望谈谈笑笑,学着仲连安石们,
替他们解决些纷纠,扫却了胡尘。
哈哈!谁又知道他竟起了野心呢?
哦,我竟被人卖了!但一半也怪我自身?"

这样他便将那成灰的心渐渐扇着,
到的又得痛饮一顿,浇熄了愁底火,
谁知道这愁竟像田单底火牛一般:
热油淋着,狂风煽着,越奔火越燃,
毕竟谁烧焦了骨肉,牺牲了生命,
那束刃的采帛却焕成五色的龙文:
如同这样,李白那煎心烙肺的愁焰,
也便烧得他那幻象的轮子急转,
转出了满牙齿上攒着的"丽藻春葩"。
于是他又讲,"月儿!若不是你和他,"
手指着酒壶,"若不是你们的爱护,
我这生活可不还要百倍地痛苦?
啊!可爱的酒!自然赐给伊的骄子——
诗人的恩俸!啊,神奇的射愁底弓矢!
开启琼宫的管钥!琼宫开了:
那里有鸣泉漱石,玲鳞怪羽,仙花逸条;

又有琼瑶的轩馆同金碧的台榭；
还有吹不满旗的灵风推着云车，
满载霓裳缥缈，彩佩玲珑的仙娥，
给人们颁送着驰魂宕魄的天乐。
啊！是一个绮丽的蓬莱的世界，
被一层银色的梦轻轻地锁着在！"

"啊！月呀！可望而不可即的明月！
当我看你看得正出神的时节，
我只觉得你那不可思议的美艳，
已经把我全身溶化成水质一团，
然后你那提挈海潮底全副的神力，
把我也吸起，浮向开遍水钻花的
碧玉的草场上；这时我肩上忽展开
一双翅膀，越张越大，在空中徘徊。
如同一只大鹏浮游于八极之表。
哦，月儿，我这时不敢正眼看你了！
你那太强烈的光芒刺得我心痛。……
忽地一阵清香搅着我的鼻孔，
我吃了一个寒噤，猛开眼一看，……
哎呀！怎地这样一副美貌的容颜！
丑陋的尘世！你那有过这样的副本？
啊！布置得这样调和，又这般端正，

竟同一阕鸾凤和鸣的乐章一般！
哦，我如何能信任我的这双肉眼？
我不相信宇宙间竟有这样的美！
啊，大胆的我哟，还不自惭形秽，
竟敢现于伊前！——啊！笨愚呀糊涂！——
这时我只觉得头昏眼花，血凝心冱；
我觉得我是污烂的石头一块，
被上界底清道夫抛掷下来，
掷到一个无垠的黑暗的虚空里，
坠降，坠降，永无着落，永无休止！"

月儿初还在池下丝丝柳影后窥看，
像沐罢的美人在玻璃窗口晾发一般；
于今却已姗姗移步出来，来到了池西；
夜飔的私语不知说破了什么消息，
池波一皱，又惹动了伊娴静的微笑。
沉醉的诗人忽又战巍巍地站起了，
东倒西歪地挨到池边望着那晶波。
他看见这月儿，他不觉惊讶地想着：
如何这里又有一个伊呢？奇怪！奇怪！
难道天有两个月，我有两个爱？
难道刚才伊送我下来时失了脚，
掉在这池里了吗？——这样他正疑着……

他脚底下正当活泼的小涧注入池中，
被一丛刚劲的菖蒲鲠塞了喉咙，
便咯咯地咽着，像喘不出气的呕吐。
他听着吃了一惊，不由得放声大哭：
"哎呀！爱人啊！淹死了，已经叫不出声了！"
他翻身跳下池去了，便向伊一抱，
伊已不见了，他更惊慌地叫着，
却不知道自己也叫不出声了！
他挣扎着向上猛踊，再昂头一望，
又见圆圆的月儿还平安地贴在天上。
他的力已尽了，气已竭了，他要笑，
笑不出了，只想道；"我已救伊上天了！"

剑　匣

I built my soul a lordly pleasure-house,
Wherein at ease for aye to dwell.
……

And "While the world runs round and
 round", I said,
 "Reign thou apart, a quiet king,

Still as, while saturn whirls, his steadfast shade
Sleeps on his luminous ring".

To which my soul made answer readily：
 "Trust me in bliss I shall abide

In this great mansion, that is built for me,
So royal—rich and wide".
　　　　　　　　　—— Tennyson

在生命的大激战中，
我曾是一名盖世的骁将。
我走到四面楚歌的末路时，

并不同项羽那般顽固,
定要投身于命运的罗网。
但我有这绝岛作了堡垒,
可以永远驻扎我的退败的心兵。
在这里我将养好了我的战创,
在这里我将忘却了我的仇敌。

在这里我将作个无名的农夫,
但我将让闲惰底芜蔓
蚕食了我的生命之田。
也许因为我这肥泪的无心的灌溉,
一旦芜蔓还要开出花来呢?
那我就镇日徜徉在田塍上,
饱喝着他们的明艳的色彩。

我也可以作个海上的渔夫:
我将撒开我的幻想之网。
在寥阔的海洋里;
在放网收网之间,
我可以坐在沙岸上做我的梦,
从日出梦到黄昏……
假若撒起网来,不是一些鱼虾,
只有海树珊瑚同含胎的老蚌,

那我却也喜出望外呢。

有时我也可佩佩我的旧剑,
踱进山去作个樵夫。
但群松舞着葱翠的干戚,
雍容地唱着歌儿时,
我又不觉得心悸了。
我立刻套上我的宝剑,
在空山里徘徊了一天。
有时看见些奇怪的彩石,
我便拾起来,带了回去;
这便算我这一日的成绩了。

但这不是全无意识的。
现在我得着这些材料,
我真得其所了;
我可以开始我的工匠生活了,
开始修葺那久要修葺的剑匣。

我将摊开所有的珍宝,
陈列在我面前,
一样样的雕着,镂着,
磨着,重磨着……

然后将他们都镶在剑匣上,——
用我的每出的梦作蓝本,
镶成各种光怪陆离的图画。

我将描出白面美髯的太乙
卧在粉红色的荷花瓣里,
在象牙雕成的白云里飘着。
我将用墨玉同金丝
制出一只雷纹镶嵌的香炉;
那炉上炷着袅袅的篆烟,
许只可用半透明的猫儿眼刻着。
烟痕半消未灭之处,
隐约地又升起了一个玉人,
仿佛是肉袒的维纳司呢……
这块玫瑰玉正合伊那肤色了。

晨鸡惊耸地叫着,
我在蛋白的曙光里工作,
夜晚人们都睡去,我还作着工——
烛光抹在我的直陡的额上,
好像紫铜色的晚霞
映在精赤的悬崖上一样。

我又将用玛瑙雕成一尊梵像,
三首六臂的梵像,
骑在鱼子石的象背上。
珊瑚作他口里含着的火。
银线辫成他腰间缠着的蟒蛇,
他头上的圆光是块琥珀的圆璧。

我又将镶出一个瞎人
在竹筏上弹着单弦的古瑟。
(这可要镶得和王叔远的
桃核雕成的《赤壁赋》一般精细。)
然后让翡翠,蓝珰玉,紫石瑛,
错杂地砌成一片惊涛骇浪;
再用碎砾的螺钿点缀着,
那便是涛头闪目的沫花了。
上面再笼着一张乌金的穹窿,
只有一颗宝钻的星儿照着。

春草绿了,绿上了我的门阶,
我同春一块儿工作着;
蟋蟀在我床下唱着秋歌,
我也唱着歌儿作我的活。

我一壁工作着，一壁唱着歌：
我的歌里的律吕
都从手指尖头流出来，
我又将他制成层叠的花边：
有盘龙，对凤，天马，辟邪的花边，
有芝草，玉莲，卍字，双胜的花边，
又有各色的汉纹边
套在最外的一层边外。

若果边上还缺些角花，
把蝴蝶嵌进去应当恰好。
玳瑁刻作梁山伯，
璧玺刻作祝英台，
碧玉，赤瑛，白玛瑙，蓝琉璃，……
拼成各种彩色的凤蝶。
于是我的大功便告成了！
哦，我的大功告成了！
你不要轻看了我这些工作！
这些不伦不类的花样，
你该知道不是我的手笔，
这都是梦的原稿的影本。
这些不伦不类的色彩，
也不是我的意匠的产品，

是我那芜蔓的花儿开出来的。
你不要轻看了我这些工作哟!

哦,我的大功告成了!
我将抽出我的宝剑来——
我的百炼成钢的宝剑,
吻着他,吻着他……
吻去他的锈,吻去他的伤疤;
用热泪洗着他,洗着他……
洗净他上面的血痕,
洗净他罪孽的遗迹;
又在龙涎香上熏着他,
熏去了他一切腥膻的记忆。
然后轻轻把他送进这匣里,
唱着温柔的歌儿,
催他快在这艺术之宫中酣睡。

哦,哦,我的大功告成了!
我的大功终于告成了!
人们的匣是为保护剑的锋铓;
我的匣是要藏他睡觉的。
哦,我的剑匣修成了,
我的剑有了永久的归宿了!

哦，我的剑要归寝了！
我不要学轻佻的李将军，
拿他的兵器去射老虎，
其实只射着一块僵冷的顽石。
哦，我的剑要归寝了！
我也不要学迂腐的李翰林，
拿他的兵器去割流水，
一壁割着，一壁水又流着。
哦，我的兵器只要韬藏，
我的兵器只要酣睡。
我的兵器不要斩芟奸横，
我知道奸横是僵冷的顽石一堆；
我的兵器也不要割着愁苦，
我知道愁苦是割不断的流水。

哦，我的大功告成了！
让我的宝剑归寝了！
我岂似滑头的汉高祖，
拿宝剑斫死了一条白蛇，
因此造一个谣言，
就骗到了一个天下？
哦！天下，我早已得着了啊！
我早坐在艺术的凤阙里，

像大舜皇帝,垂裳而治着
我的波希米亚的世界了啊!
哦!让我的宝剑归寝罢!
我又岂似无聊的楚霸王,
拿宝剑斫掉多少的人头,
一夜梦回听着恍惚的歌声,
忽又拥着爱姬,抚着名马,
提起原剑来刎了自己的颈?

哦!但我又不妨学了楚霸王,
用自己的宝剑自杀了自己。
不过果然我要自杀,
定不用这宝剑的锋铓。
我但愿展玩着这剑匣——
展玩着我这自制的剑匣,
我便昏死在他的光彩里!

哦,我的大功告成了!
我将让宝剑在匣里睡着觉,
我将摩抚着这剑匣,
我将宠媚着这剑匣——
看着缠着神蟒的梵像,
我将巍巍地抖颤了,

看看筏上鼓瑟的瞎人，
我将号咷地哭泣了；
看着睡在荷瓣里的太乙，
飘在篆烟上的玉人，
我又将迷迷地嫣笑了呢！

哦，我的大功告成了！
我将让宝剑在匣里睡着。
我将看着他那光怪的图画，
重温我的成形的梦幻，
我将看着他那异彩的花边，
再唱着我的结晶的音乐。

啊！我将看着，看着，看着，
看到剑匣战动了，
模糊了，更模糊了，
一个烟雾弥漫的虚空了，……

哦！我看到肺脏忘了呼吸，
血液忘了流驶，
看到眼睛忘了看了。
哦！我自杀了！
我用自制的剑匣自杀了！
哦哦！我的大功告成了！

西 岸

"He has a lusty spring, when fancy clear
Takes in all beauty within an easy Span."

—— Keats

这里是一道河,一道大河,
宽无边,深无底;
四季里风姨巡遍世界,
便回到河上来休息;
满天糊着无涯的苦雾,
压着满河无期的死睡。
河岸下酣睡着,河岸上
反起了不断的波澜。
啊!卷走了多少的痛苦!
淘尽了多少的欣欢!
多少心被羞愧才鞭驯,
一转眼被虚荣又煽癫!
鞭下去,煽起来,
又莫非是金钱的买卖。
黑夜哄着聋瞎的人马,
前潮刷走,后潮又挟回。

没有真，没有美，没有善，
更那里去找光明来！

但不怕那大泽里
风波怎样凶，水兽怎样猛，
总难惊破那浅水芦花里
那些山草的幽梦，——
一样的，有个人也逃脱了
河岸上那纷纠的樊笼。
他见了这宽深的大河，
便私心唤醒了些疑义：
分明是一道河，有东岸，
岂有没个西岸的道理？
啊！这东岸底黑暗恰是那
西岸的光明的影子。

但是满河无期的死睡，
撑着满天无涯的雾幕；
西岸也许有，但是谁看见？
哎……这话也不错。
"恶雾遮不住我，"心讲道，
"见不着，那是目的过！"
有时他忽见浓雾变得

绯(菲)样薄,在风翅上荡漾;
雾缝里又筛出些
丝丝的金光洒在河身上。
看!那里!可不是个大鼋背?
毛发又长得那样长。

不是的!到是一座小岛,
戴着一头的花草:
看!灿烂的鱼龙都出来
晒甲胄,理须桡;
鸳鸯洗刷完了,喙子
插在翅膀里,睡着觉了。
鸳鸯睡了,百鳞退了——
满河一片凄凉;
太阳也没兴,卷起了金练,
让雾帘重往下放:
恶雾瞪着死水,一切的
于是又同从前一样。

"啊!我懂了,我何曾见着
那美人的容仪?
但猜着蠕动的绣裳下,
定有副美人的肢体。

同一理：见着的是小岛，
猜着的是岸西。"

"一道河中一座岛，河西
一盏灯光被岛遮断了。"
这语声到处，是有些人
鹦哥样，听熟了，也会叫；
但是那多数的人
不笑他发狂，便骂他造谣。

也有人相信他，但还讲道：
"西岸地岂是为东岸人？
若不然，为什么要划开
一道河，这样宽又这样深？"
有人讲："河太宽，雾正密。
找条陆道过去多么稳！"
还有人明晓得道儿
只这一条，单恨生来错——
难学那些鸟儿飞着渡，
难学那些鱼儿划着过，
却总都怕说得："搭个桥，
穿过岛，走着过！"为什么？

雨　夜

几朵浮云，仗着雷雨的势力，
把一天的星月都扫尽了。
一阵狂风还喊来要捉那软弱的树枝，
树枝拼命地扭来扭去，
但是无法躲避风的爪子。

凶狠的风声，悲酸的雨声——
我一壁听着，一壁想着；
假使梦这时要来找我，
我定要永远拉着他，不放他走；
还剜出我的心来送他作赘礼，
他要收我作个莫逆的朋友。
风声还在树里呻吟着，
泪痕满面的曙天白得可怕，
我的梦依然没有做成。
哦！原来真的已被我厌恶了，
假的就没他自身的尊严吗？

雪

夜散下无数茸毛似的天花,
织成一件大氅,
轻轻地将憔悴的世界,
从头到脚地包了起来;
又加了死人一层殓衣。

伊将一片鱼鳞似的屋顶埋起了,
却总埋不住那屋顶上的青烟缕。
啊!缕缕蜿蜒的青烟啊!
仿佛是诗人向上的灵魂,
穿透自身的躯壳:直向天堂迈往。

高视阔步的风霜蹂躏世界,
森林里抖颤的众生战斗多时,
最末望见伊的白氅,
都欢声喊道:"和平到了,奋斗成功了!
这不是冬投降的白旗吗?"

睡 者

灯儿灭了，人儿在床；

月儿的银潮

沥过了叶缝，冲进了洞窗，

射到睡觉的双靥上，

跟他亲了嘴儿又偎脸，

便洗净一切感情的表象，

只剩下了如梦幻的天真，

笼在那连耳目口鼻

都分不清的玉影上。

啊！这才是人的真色相！

这才是自然的真创造！

自然只此一副模型；

铸了月面，又铸人面。

哦！但是我爱这睡觉的人，

他醒了我又怕他呢！

我越看这可爱的睡容，

想起那醒容，越发可怕。

啊！让我睡了，躲脱他的醒罢！

可是瞌睡像只秋燕，
在我眼帘前掠了一周，
忽地翻身飞去了，
不知几时才能得回来呢？

月儿，将银潮密密地酌着！
睡觉的，撑开枯肠深深地喝着！
快酌，快喝！喝着，睡着！
莫又醒了，切莫醒了！
但是还响点擂着，鼖雷！
我只爱听这自然的壮美的回音，
他警告我这时候
那人心宫的禁闼大开，
上帝在里头登极了！

黄 昏

太阳辛苦了一天,

赚得一个平安的黄昏,

喜得满面通红,

一气直往山洼里狂奔。

黑黯好比无声的雨丝,

慢慢往世界上飘洒……

贪睡的合欢叠拢了绿鬓,钩下了柔颈,

路灯也一齐偷了残霞,换了金花;

单剩那喷水池

不怕惊破别家的酣梦,

依然活泼泼地高呼狂笑,独自玩耍。

饭后散步的人们,

好像刚吃饱了蜜的蜂儿一窠,

三三五五的都往

马路上头,板桥栏畔飞着。

嗡……嗡……嗡……听听唱的什么——

是花色的美丑?

是蜜味的厚薄?

是女王的专制？
是东风的残虐？

啊！神秘的黄昏啊！
问你这首玄妙的歌儿，
这辈嚣喧的众生
谁个唱的是你的真义？

时间的教训

太阳射上床,惊走了梦魂,
昨日的烦恼去了,今日的还没来呢。
啊!这样肥饱的鹑声,
稻林里撞挤出来——来到我心房酿蜜,
还同我的,万物的蜜心,
融合作一团快乐——生命的唯一真义。

此刻时间望我尽笑,
我便合掌向他祈祷:"赐我无尽期!"
可怕!那笑还是冷笑;
那里?他把眉尖锁起,居然生了气。

"地得!地得!"听那壁上的钟声,
果同快马狂蹄一般地奔腾。
那骑者还仿佛吼着:
"尽可多多创造快乐去填满时间;
那可活活缚着时间来陪着快乐?"

二 月 庐

面对一幅淡山明水的画屏，
在一块棋盘似的稻田边上，
蹲着一座看棋的瓦屋——
紧紧地被捏在小山河拳心里。

柳荫下睡着一口方塘；
聪明的燕子——伊唱歌儿
偏找到这里，好听着水面的
回声，改正音调的错儿。

燕子！可听见昨夜那阵冷雨？
西风的信来了，催你快回去。
今年去了，明年，后年，后年以后，
一年回一度的还是你吗？

啊？你的爆裂得这样音响，
迸出些什么压不平的古愁！
可怜的鸟儿，你诉给谁听？
那知道这个心也碎了哦！

印　象

一望无涯的绿茸茸的——
是青苔？是蔓草？是禾稼？是病眼发花？——
只在火车窗口像走马灯样旋着。
仿佛死在痛苦的海里泅泳——
他的披毛散发的脑袋
在喑哑无声的绿波上飘着——
是簇簇的杨树林躜出禾面。

绿杨遮着作工的——神圣的工作！
骍红的赤膊摇着枯涩的辘轳，
向地母哀求世界底一线命脉。
白杨守着休息的——无上的代价！——
孤零零的一座秃头的黄土堆，
拥着一个安闲，快乐，了无知识的灵魂，
长眠，美睡，禁止百梦的纷扰。
啊！神圣的工作！无上的代价！

快　乐

快乐好比生机：
生机的消息传到绮甸，
群花便立刻
披起五光十色的绣裳。

快乐跟我的
灵魂接了吻，我的世界
忽变成天堂，
住满了柔艳的安琪儿！

美 与 爱

窗子里吐出娇嫩的灯光——
两行鹅黄染的方块镶在墙上；
一双枣树的影子，像堆大蛇，
横七竖八地睡满了墙下。

啊！那颗大星儿！嫦娥的侣伴！
你无端绊住了我的视线；
我的心鸟立刻停了他的春歌。
因他听了你那无声的天乐。

听着，他竟不觉忘却了自己，
一心只要飞出去找你，
把监牢的铁槛也撞断了；
但是你忽然飞地不见了！

屋角的凄风悠悠叹了一声，
惊醒了懒蛇滚了几滚；
月色白得可怕，许是恼了？
张着大嘴的窗子又像笑了！

可怜的鸟儿,他如今回了,
嗓子哑了,眼睛瞎了,心也灰了;
两翅洒着滴滴的鲜血,——
是爱的代价,美的罪孽!

诗 人

人们说我有些像一颗星儿，
无论怎样光明，只好作月儿的伴，
总不若灯烛那样有用——
还要照着世界作工，不徒是好看。

人们说春风把我吹燃，是火样的薇花，
再吹一口，便变成了一堆死灰；
剩下的叶儿像铁甲，刺儿像蜂针，
谁敢抱进他的赤裸的胸怀？

又有些人比我作一座遥山：
他们但愿远远望见我的颜色，
却不相信那白云深处里，
还别有一个世界——一个天国。

其余的人或说这样，或说那样，
只是说得对的没有一个。
"谢谢朋友们！"我说，"不要管我了，
你们那样忙，那有心思来管我？

你们在忙中觉得热闷时，
风儿吹来，你们无心地喝下了，
也不必问是谁送来的，
自然会觉得他来的正好！"

风　波

我戏将沉檀焚起来祀你，
哪知他会烧得这样狂！
他虽散满一世界的异香，
但是你的香吻没有抹尽的
那些渣滓，却化作了云雾
满天，把我的两眼障瞎了；
我看不见你，便放声大哭，
像小孩寻不见他的妈了。
立刻你在我耳旁低声地讲：
(但你的心也雷样地震荡)
"在这里，大惊小怪地闹些什么？
一个好教训哦！"说完了笑着。
爱人，这戏禁不得多演；
让你的笑焰把我的泪晒干！

回 顾

九年的清华的生活,

回头一看——

是秋夜里一片沙漠

却露着一颗萤火,

越望越光明,

四围是迷茫莫测的凄凉黑黯。

这是红惨绿娇的暮春时节:

如今到了荷池——

寂静的重量正压着池水

连面皮也皱不动——

一片死静!

忽地里静灵退了,

镜子碎了,

个个都喘气了。

看!太阳的笑焰——一道金光,

滤过树缝,洒在我额上;

如今羲和替我加冕了,

我是全宇宙的王!

幻中之邂逅

太阳落了，责任闭了眼睛，
屋里朦胧的黑暗凄酸的寂静，
钩动了一种若有若无的感情，
——快乐和悲哀之间的黄昏。

仿佛一簇白云，濛濛漠漠，
拥着一只素氅朱冠的仙鹤——
在方才淌进的月光里浸着，
那娉婷的模样就是他么？

我们都还没吐出一丝儿声响；
我刚才无心地碰着他的衣裳，
许多的秘密，便同奔川一样，
从这摩触中不歇地冲洄来往。

忽地里我想要问他到底是谁，
抬起头来……月在哪里？人在哪里？
从此狰狞的黑黯，咆哮的静寂，
便扰得辗转空床，通夜无睡。

志 愿

马路上歌啸的人群
泛滥横流着,
好比一个不羁的青年的意志。

银箔似的溪面一意地
要板平他那难看的皱纹。
两岸的绿杨争着
迎接视线到了神秘的尽头?——
原来那里是尽头?
是视线的长度不够!

啊!主呀!我过了那道桥以后,
你将怎样叫我消遣呢?
主啊!愿这腔珊瑚似的鲜血
染成一朵无名的野花,
这阵热气又化些幽香给他,
好蹭进些路人的心里烘着罢!

只要这样,切莫又赏给我
这一副腥秽的躯壳!
主呀!你许我吗?许了我罢!

失 败

从前我养了一盆宝贵的花儿，
好容易孕了一个苞子，
但总是半含半吐的不肯放开。
我等发了急，硬把他剥开了，
他便一天萎似一天，萎得不像样了
如今我要他再关上不能了。
我到底没有看见我要看的花儿！

从前我做了一个稀奇的梦，
我总嫌他有些太模糊了，
我满不介意，让他震破了；
我醒了，直等到月落，等到天明，
重织一个新梦既织不成，
便是那个旧的也补不起来了。
我到底没有做好我要做的梦！

贡 臣

我的王！我从远方来朝你，
带了满船你不认识的，
但是你必中意的贡礼。
我兴高采烈地航到这里来，
哪里知道你的心……唉！
还是一个涸了的海港！
我悄悄地等着你的爱潮膨涨，
好浮进我的重载的船艘；
月儿圆了几周，花儿红了几度，
还是老等，等不来你的潮头！
我的王！他们讲潮汐有信，
如今叫我怎样相信他呢？

游戏之祸

我酌上蜜酒,烧起沉檀,
游戏着膜拜你:
沉檀烧得太狂了,
我忙着拿蜜酒来浇他;
谁知越浇越烈,
竟惹了焚身之祸呢!

花儿开过了

花儿开过了，果子结完了；
一春的香雨被一夏的骄阳炙干了，
一夏的荣华被一秋的馋风扫尽了。
如今败叶枯枝，便是你的余剩了。

天寒风紧，冻哑了我的心琴；
我惯唱的颂歌如今竟唱不成。
但是，且莫伤心，我的爱，
琴弦虽不鸣了，音乐依然在。

只要灵魂不灭，记忆不死，纵使
你的荣华永逝，（这原是没有的事），
我敢说那已消的春梦的余痕，
还永远是你我的生命的生命！

况且永继的荣华，顿刻的凋落——
两两相形，又算得了些什么？
今冬的假眠，也不过是明春的
更烈的生命所必需的休息。

所以不怕花残，果烂，叶败，枝空，
那缜密的爱的根网总没一刻放松；
他总是绊着，抓着，咬着我的心，
他更抽尽我的生命供给你的生命！

爱呀！上帝不曾因青春的暂退，
就要将这个世界一齐捣毁，
我也不曾因你的花儿暂谢，
就敢失望，想另种一朵来代他！

十一年一月二日作

哎呀！自然的太失管教的骄子！
你那内蕴的灵火！不是地狱的毒火，
如今已经烧得太狂了，
只怕有一天要爆裂了你的躯壳。

你那被爱蜜饯了的肥心，人们讲，
本是为滋养些嬉笑的花儿的，
如今却长满了愁苦的荆棘——
他的根已将你的心越捆越紧，越缠越密。
上帝啊！这到底是什么用意？

唉！你(只有你)真正了解生活的秘密，
你真是生活的唯一的知己，
但生活对你偏是那样地凶残：
你看！又是一个新年——好可怕的新年！——
张着牙戟齿锯的大嘴招呼你上前；
你退既不能，进又白白地往死嘴里蹿！

高步远蹟的命运
从时间的没究竟的大道上踱过；

我们无足轻重的蚁子
糊里糊涂地忙来忙去,不知为什么,
忽地里就断送在他的脚跟的……

但是,那也对啊!……死!你要来就快来,
快来断送了这无边的痛苦!
哈哈!死,你的残忍,乃在我要你时,你不来,
如同生,我不要他时,他偏存在!

死

啊！我的灵魂的灵魂！
我的生命的生命，
我一生的失败，一生的亏欠，
如今要都在你身上补足追偿，
但是我有什么
可以求于你的呢？

让我淹死在你眼睛的汪波里！
让我烧死在你心房的熔炉里！
让我醉死在你音乐的琼醪里！
让我闷死在你呼吸的馥郁里！

不然，就让你的尊严羞死我！
让你的酷冷冻死我！
让你那无情的牙齿咬死我！
让那寡恩的毒剑螫死我！

你若赏给我快乐，
我就快乐死了；
你若赐给我痛苦，

我也痛苦死了；

死是我对你唯一的要求，

死是我对你无上的贡献。

深夜的泪

生波停了掀簸；
深夜啊！——
沉默的寒潭！
澈虚的古镜！

行人啊！
回转头来，
照照你的容颜罢！
啊！这般憔悴……

轻柔的泪，
温热的泪，
洗得净这个仆仆的征尘？
无端地一滴滴流到唇边，
想是要你尝尝他的滋味；
这便是生活的滋味！

枕儿啊！
紧紧地贴着！
请你也尝尝他的滋味。

唉！若不是你，
这腐烂的骷髅，
往那里靠啊！

更鼓啊！
一声声这般急切；
便是生活的战鼓罢？
唉！擂断了心弦，
搅乱了生波……

战也是死，
逃也是死，
降了我不甘心。
生活啊！
你可有个究竟？

啊！宇宙的生命之酒，
都将酌进上帝的金樽。
不幸的浮沤！
怎地偏酌漏了你呢？

青 春

青春像只唱着歌的鸟儿,
已从残冬窟里闯出来,
驶入宝蓝的穹窿里去了。

神秘的生命,
在绿嫩的树皮里膨涨着,
快要送出带着鞘子的
翡翠的芽儿来了。

诗人呵!揩干你的冰泪,
快预备着你的歌儿,
也赞美你的苏生罢!

宇　宙

宇宙是个监狱，
但是个模范监狱；
他的目的在革新，
并不在惩旧。

国 手

爱人啊！你是个国手，
我们来下一盘棋；
我的目的不是要赢你，
但只求输给你——
将我的灵和肉
输得干干净净！

香　篆

辗转在眼帘前，
萦回在鼻观里，
锤旋在心窝头——
心爱的人儿啊！
这样清幽的香，
只堪供祝神圣的你：

我祝你黛发长青！
又祝你朱颜长姣！
同我们的爱万寿无疆！

春　寒

春啊！
正似美人一般，
无妨瘦一点儿！

春之首章

浴人灵魂的雨过了：
薄泥到处啮人的鞋底。
凉飕挟着湿润的土气
在鼻蕊间正冲突着。

金鱼儿今天许不大怕冷了？
个个都敢于浮上来呢！
东风苦劝执拗的蒲根，
将才睡醒的芽儿放了出来。
春雨过了，芽儿刚抽到寸长，
又被池水偷着吞去了。

亭子角上几根瘦硬的，
还没赶上春的榆枝，
印在鱼鳞似的天上；
像一页淡蓝的朵云笺，
上面涂了些僧怀素的
铁画银钩的草书。

丁香枝上豆大的蓓蕾，

包满了包不住的生意,
呆呆地望着辽阔的天宇,
盘算它明日的荣华——
仿佛一个出神的诗人
在空中编织未成的诗句。

春啊!明显的秘密哟!
神圣的魔术哟!

啊!我忘了我自己,春啊!
我要提起我全身的力气,
在你那绝妙的文章上
加进这丑笨的一句哟!

春之末章

被风惹恼了的粉蝶,
试了好几处的枝头,
总抱不大稳,率性就舍开,
忽地不知飞向那里去了。
啊!大哲的梦身啊!
了无黏滞的达观者哟!

太轻狂了哦!杨花!
依然吩咐雨丝黏住罢。

娇绿的坦张的荷钱啊!
不息地仰面朝上帝望着,
一心地默祷并且赞美他——
只要这样,总是这样,
开花结实的日子便快了。

一气的酣绿里忽露出
一角汉纹式的小红桥,
真红得快叫出来了!

小孩儿们也太好玩了啊!
镇日里蓝的白的衫子
骑满竹青石栏上垂钓。
他们的笑声有时竟脆得像
坍碎了一座琉璃宝塔一般。
小孩们总是这样好玩呢!

绿纱窗里筛出的琴声,
又是画家脑子里经营着的
一帧美人春睡图:
细熨的柔情,娇羞的倦致,
这般如此,忽即忽离,
啊!迷魂的律吕啊!

音乐家啊!垂钓的小孩啊!
我读完这春之宝笈的末章,
就交给你们永远管领着罢!

钟　声

钟声报得这样急——
时间之海的记水标哦!
是记涨呢,还是记落呢!——
是报过去的添长呢?
还是报未来的消缩呢?

爱 之 神

——题 画

啊！这么俊的一副眼睛——
两潭渊默的清波！
可怜孱弱的游泳者哟！
我告诉你回头就是岸了！

啊！那潭岸上的一带榛薮，
好分明的黛眉啊！
那鼻子，金字塔式的小邱，
恐怕就是情人的茔墓罢？

那里，不是两扇朱扉吗？
红得像樱桃一样，
扉内还露着编贝的屏风。
这里又不知安了什么陷阱！

啊！莫非是伊甸之乐园？
还是美的家宅，爱的祭坛？
呸！不是，都不是哦！
是死魔盘踞着的一座迷宫！

谢罪以后

朋友,怎样开始?这般结局?
"谁实为之?"是我情愿,是你心许?
朋友,开始结局之间,
演了一出浪漫的悲剧;
如今戏既演完了,
便将那一页撕了下去,
还剩下了一部历史,
恐十倍地庄严,百般地丰富,——
是更生的灵剂,乐园的基础!

朋友!让舞台上的经验,短短长长,
是恩爱,是仇雠,尽付与时间的游浪。
若教已放下来的绣幕,
永作隔断记忆底城墙;
台上的记忆尽可隔断,
但还有一篇未成的文章,
是在登台以前开始作的。
朋友!你为什么不让他继续添长,
完成一件整的艺术品?你试想想!

朋友！我们来勉强把悲伤葬着，
让我们的胸膛做了他的坟墓；
让忏悔蒸成湿雾，
糊湿了我们的眼睛也可；
但切莫把我们的心，
冷得变成石头一个，
让可怕的矜骄的刀子
在他上面磨成一面的锋，两面的锷。
朋友，知道成锋的刀有个代价么？

忏 悔

啊！浪漫的生活啊！
是写在水面上的个"爱"字，
一壁写着，一壁没了；
白搅动些痛苦的波轮。

黄 鸟

哦！森林的养子，
太空的血胤
不知名的野鸟儿啊！

黑缎底头帕，
蜜黄的羽衣
镶着赤铜的喙爪——
啊！一只鲜明的火镞，
那样癫狂地射放，
射翻了肃静的天宇哦！

像一块雕镂的水晶，
艺术纵未完成，
却永映着上天的光彩——
这样便是他吐出的
那阕雅健的音乐呀！
啊！希腊式的雅健！

野心的鸟儿啊！
我知道你喉咙里的

太丰富的歌儿
快要噎死你了：
但是从容些吐着！
吐出那水晶的谐音，
造成艺术之宫，
让一个失路的灵魂
早安了家罢！

艺术的忠臣

无数的人臣，仿佛真珠
钻在艺术之王的龙衮上，
一心同赞御容的光采；
其中只有济慈一个人
是群龙拱抱的一颗火珠，
光芒赛过一切的珠子。

诗人的诗人啊！
满朝的冠盖只算得
些艺术的名臣，
只有你一人是个忠臣。
"美即是真，真即美。"
我知道你那栋梁之材，
是单给这个真命天子用的；
别的分疆割据，属国偏安，
哪里配得起你哟！

啊！"鞠躬尽瘁，死而后已"：
真个做了艺术的殉身者！
忠烈的亡魂啊！
你的名字没写在水上，
但铸在圣朝的宝鼎上了！

初夏一夜的印象

——一九二二年五月直奉战争时

夕阳将诗人交付给烦闷的夜了，
叮咛道："把你的秘密都吐给他了罢！"

紫穹窿下洒着碎了的珠子——
诗人想：该穿成一串挂在死的胸前。

阴风的冷爪子刚扒过饿柳的枯发，
又将池里的灯影儿扭成几道金蛇。

贴在山腰下佝偻得可怕的老柏，
拿着黑瘦的拳头硬和太空挑衅。

失睡的蛙们此刻应该有些倦意了，
但依旧努力地叫着水国的军歌。

个个都吠得这般沉痛，村狗啊！
为什么总骂不破盗贼底胆子？

嚼火潄雾的毒龙在铁梯上爬着,
驮着灰色号衣的战争,吼得要哭了。

铜舌的报更的磬,屡次安慰世界,
请他放心睡去,……世界哪肯相信他哦!

上帝啊!眼看着宇宙糟蹋到这样,
可也有些寒心吗?仁慈的上帝哟!

诗 债

小小的轻圆的诗句，
是些当一的制钱——
在情人的国中
贸易死亡的通宝。

爱啊！慷慨的债主啊！
不等我偿清诗债
就这么匆忙地去了，
怎样也挽留不住。

但是字串还没毁哟！
这永欠的本钱，
仍然在我帐本上，
息上添息地繁衍。

若有一天你又回来，
爱啊！要做 Shylock 吗？
就把我心上的肉，
和心一起割给你罢！

红荷之魂 有序

盆莲饮雨初放，折了几枝，供在案头，又听侄辈读周茂叔的《爱莲说》，便不得不联想及三千里外《荷花池畔》的诗人。赋此寄呈实秋，兼上景超及其他在西山的诸友。

太华玉井的神裔啊！
不必在污泥里久恋了。
这玉胆瓶里的寒浆有些冽骨吗？
那原是没有堕世的山泉哪！

高贤的文章啊！雏凤的律吕啊！
往古来今竟携了手来谀媚着你。
来罢！听听这蜜甜的赞美诗罢！
抱霞摇玉的仙花呀！
看着你的躯体，
我怎不想到你的灵魂？
灵魂啊！到底又是谁呢？

是千叶宝座上的如来，
还是丈余红瓣中的太乙呢？
是五老峰前的诗人，
还是洞庭湖畔的骚客呢？

红荷的魂啊！

爱美的诗人啊!
便稍许艳一点儿,
还不失为"君子"。
看那颗颗袒张的荷钱啊!
可敬的——向上底虔诚,
可爱的——圆满底个性。
花魂啊!佑他们充分地发育罢!

花魂啊,
须提防着,
不要让菱芡藻荇的势力
蚕食了泽国底版图。

花魂啊!
要将崎岖的动的烟波,
织成灿烂的静的绣锦。
然后,
高蹈的鸬鹚啊!
热情的鸳鸯啊!
水国烟乡的顾客们啊!……
只欢迎你们来
逍遥着,偃卧着;
因为你们知道了
你们的义务。

别　后

啊！那不速的香吻，
没关心的柔词……
啊！热情献来的一切的赘礼，
当时都大意地抛弃了，
于今却变作记忆的干粮，
来充这旅途的饥饿。

可是，有时同样的馈仪，
当时珍重地接待了，抚宠了；
反在记忆之领土里
刻下了生憎惹厌的痕迹。

啊！谁道不是变幻呢？
顷刻之间，热情与冷淡，
已经百度的乘除了。

谁道不是矛盾呢？
一般的香吻，一样的柔词，
才冷僵了骨髓，
又烧焦了纤维。

恶作剧的疟魔呀!
到底是谁遣你来的?
你在这一隙驹光之间,
竟教我更迭地
作了冰炭的化身!
恶作剧的疟魔哟!

孤 雁

不幸的失群的孤客！
谁教你抛弃了旧侣，
拆散了阵字，
流落到这水国的绝塞，
拼着寸磔的愁肠，
泣诉那无边的酸楚？

啊！从那浮云的密幕里，
迸出这样的哀音；
这样的痛苦！这样的热情！

孤寂的流落者！
不须叫喊得哟！
你那沉细的音波，
在这大海的惊雷里，
还不值得那涛头上
溅破的一粒浮沤呢！

可怜的孤魂啊！
更不须向天回首了。

天是一个无涯的秘密,
一幅蓝色的谜语。
太难了,不是你能猜破的。
也不须向海低头了。
这辱骂高天的恶汉,
他的咸卤的唾沫
不要渍湿了你的翅膀,
粘滞了你的行程!

流落的孤禽啊!
到底飞往哪里去呢?
那太平洋的彼岸,
可知道究竟有些什么?

啊!那里是苍鹰的领土——
那鸷悍的霸王啊!
他的锐利的指爪,
已撕破了自然的面目,
建筑起财力的窝巢。
那里只有铜筋铁骨的机械,
喝醉了弱者的鲜血,
吐出些罪恶的黑烟,
涂污我太空,闭熄了日月,

教你飞来不知方向，
息去又没地藏身啊！

流落的失群者啊！
到底要往哪里去？
随阳的鸟啊！
光明的追逐者啊！
不信那腥臊的屠场，
黑黯的烟灶，
竟能吸引你的踪迹！

归来罢，失路的游魂！
归来参加你的伴侣，
补足他们的阵列！
他们正引着颈望你呢。

归来偃卧在霜染的芦林里，
那里有校猎的西风，
将茸毛似的芦花，
铺就了你的床褥
来温暖起你的甜梦。
归来浮游在温柔的港湫里，
那里方是你的浴盆。

归来徘徊在浪舐的平沙上，
趁着溶银的月色
婆娑着戏弄你的幽影。

归来罢，流落的孤禽！
与其尽在这水国的绝塞，
拼着寸磔的愁肠，
泣诉那无边的酸楚，
不如榷翅回身归去罢！

啊！但是这不由分说的狂飙
挟着我不息地前进；
我脚上又带着了一封书信，
我怎能抛却我的使命，
由着我的心性
回身榷翅归去来呢？

太平洋舟中见一明星

鲜艳的明星哪！——
太阴的嫡裔，
月儿同胞的小妹——
你是天仙吐出的玉唾，
溅在天边？
还是鲛人泣出的明珠，
被海涛淘起？

哦！我这被单调的浪声
摇睡了的灵魂，
昏昏睡了这么久，
毕竟被你唤醒了哦，
灿烂的宝灯啊！
我在昏沉的梦中，
你将我唤醒了，
我才知道我已离了故乡，
贬斥在情爱的边徼之外——
飘簸在海涛上的一枚钓饵。
你又唤醒了我的大梦——
梦外包着的一层梦！

生活呀！苍茫的生活呀！
也是波涛险阻的大海哟！
是情人的眼泪的波涛，
是壮士的血液的波涛。

鲜艳的星，光明的结晶啊！
生命之海中的灯塔！
照着我罢！照着我罢！
不要让我碰了礁滩！
不要许我越了航线；
我自要加进我的一勺温泪，
教这泪海更咸；
我自要倾出我的一腔热血，
教这血涛更鲜！

火 柴

这里都是君王的
樱桃艳嘴的小歌童:
有的唱出一颗灿烂的明星,
唱不出的,都拆成两片枯骨。

玄 思

在黄昏的沉默里,
从我这荒凉的脑子里,
常迸出些古怪的思想,
不伦不类的思想;

仿佛从一座古寺前的
尘封雨渍的钟楼里,
飞出一阵猜怯的蝙蝠,
非禽非兽的小怪物。

同野心的蝙蝠一样,
我的思想不肯只爬在地上,
却老在天空里兜圈子,
圆的,扁的,种种的圈子。

我这荒凉的脑子
在黄昏的沉默里,
常迸出些古怪的思想,
仿佛同些蝙蝠一样。

我是一个流囚

我是个年壮力强的流囚,
我不知道我犯的是什么罪。

黄昏时候,
他们把我推出门外了,
幸福的朱扉已向我关上了,
金甲紫面的门神
举起宝剑来逐我;
我只得闯进缜密的黑暗,
犁着我的道路往前走。

忽地一座壮阁的飞檐,
像只大鹏的翅子
插在浮沤密布的天海上:
卍字格的窗棂里
泻出醺人的灯光,黄酒一般地酽;
哀宕淫热的笙歌,
被激愤的檀板催窘了,
螺旋似地锤进我的心房:
我的身子不觉轻去一半,

仿佛在那孔雀屏前跳舞了。

啊快乐——严懔的快乐——
抽出他的讥诮底银刀,
把我刺醒了;
哎呀!我才知道——
我是快乐的罪人,
幸福之宫里逐出的流囚,
怎能在这里随便打溷呢?

走罢!再走上那没有尽头的黑道罢!
唉!但是我受伤太厉害;
我的步子渐渐迟重了;
我的鲜红的生命,
渐渐染了脚下的枯草!

我是个年壮力强的流囚,
我不知道我犯的是什么罪。

寄怀实秋

泪绳捆住的红烛
已被海风吹熄了；
跟着有一缕犹疑的轻烟，
左顾右盼(盼)，
不知往哪里去好。
啊！解体的灵魂哟！
失路的悲哀哟！

在黑暗的严城里，
恐怖方施行他的高压政策：
诗人的尸肉在那里仓皇着，
仿佛一只丧家之犬呢。
莲蕊间酣睡着的恋人啊！
不要灭了你的纱灯：
几时珠箔银绦飘着过来，
可要借给我点燃我的残烛，
好在这阴城里面，
为我照出一条道路。

烛又点燃了，

那时我便作个自然的流萤,
在深更的风露里,
还可以逍遥流荡着,
直到黎明!

莲蕊间酣睡着的骚人啊!
小心那成群打围的飞蛾,
不要灭了你的纱灯哦!

晴　朝

一个迟笨的晴朝,
比年还现长得多,
像条懒洋洋的冻蛇,
从我的窗前爬过。

一阵淡清的烟云
偷着跨进了街心……
对面的一带朱楼
忽都被他咒入梦境。

栗色汽车像匹骄马
休息在老绿阴中,
瞅着他自身的黑影,
连动也不动一动。

傲霜的老健的榆树
伸出一只粗胳膊,
拿在窗前的日光里,
翻金弄绿,不奈乐何。

除门外一个黑人

蕹草，刮刮地响声渐远，
再没有一息声音——
和平布满了大自然。

和平蜷伏在人人心里；
但是在我的心内
若果也有和平的形迹，
那是一种和平的悲哀。

地球平稳地转着，
一切的都向朝日微笑；
我也不是不会笑，
泪珠儿却先滚出来了。

皎皎的白日啊！
将照遍了朱楼的四面；
永远照不进的是——
游子的漆黑的心窝坎：

一个厌病的晴朝，
比年还过得慢，
像条负创的伤蛇，
爬过了我的窗前。

记 忆

记忆渍起苦恼的黑泪,
在生活的纸上写满蝇头细字;
生活的纸可以撕成碎片,
记忆的笔迹永无磨灭之时。

啊!友谊的悲剧,希望底挽歌,
情热的战史,罪恶的供状——
啊!不堪卒读的文词哦!
是记忆的亲手笔,悲哀的旧文章!

请弃绝了我罢,拯救了我罢!
智慧哟!勾引记忆的奸细!
若求忘却那悲哀的文章,
除非要你赦脱了你我的关系!

太 阳 吟

太阳啊,刺得我心痛的大阳!
又逼走了游子的一出还乡梦,
又加他十二个时辰的九曲回肠!

太阳啊,火一样烧着的太阳!
烘干了小草尖头的露水;
可烘得干游子的冷泪盈眶?

太阳啊,六龙骖驾的太阳!
省得我受这一天天的缓刑,
就把五年当一天跪完那又何妨?

太阳啊——神速的金鸟——太阳!
让我骑着你每日绕行地球一周,
也便能天天望见一次家乡!

太阳啊,楼角新升的太阳!
不是刚从我们东方来的吗?
我的家乡此刻可都依然无恙?

太阳啊,我家乡来的太阳!
北京城里的官柳裹上一身秋了罢?
唉!我也憔悴的同深秋一样!

太阳啊,奔波不息的太阳!
你也好像无家可归似的呢。
啊!你我的身世一样地不堪设想!

太阳啊,自强不息的太阳!
大宇宙许就是你的家乡罢。
可能指示我我的家乡的方向?

太阳啊,这不像我的山川,太阳!
这里的风云另带一般颜色,
这里鸟儿唱的调子格外凄凉。

太阳啊,生命之火的太阳!
但是谁不知你是球东半的情热,
同时又是球西半的智光?

太阳啊,也是我家乡的太阳!
此刻我回不了我往日的家乡,
便认你为家乡也还得失相偿。

太阳啊,慈光普照的太阳!
往后我看见你时,就当回家一次;
我的家乡不在地下乃在天上!

忆 菊

(重阳前一日作)

插在长颈的虾青瓷的瓶里,
六方的水晶瓶里的菊花,
钻在紫藤仙姑篮里的菊花;
守着酒壶的菊花,
陪着鳌盏的菊花;
未放,将放,半放,盛放的菊花。

镶着金边的绛色的鸡爪菊;
粉红色的碎瓣的绣球菊!
懒慵慵的江西腊哟;
倒挂着一饼蜂窠似的黄心,
仿佛是朵紫的向日葵呢。
长瓣抱心,密瓣平顶的菊花;
柔艳的尖瓣钻蕊的白菊
如同美人的拳着的手爪,
拳心里攫着一撮儿金粟。

檐前,阶下,篱畔,圃心的菊花:
霭霭的淡烟笼着的菊花,

丝丝的疏雨洗着的菊花，——
金的黄，玉的白，春酿的绿，秋山的紫，……

剪秋萝似的小红菊花儿；
从鹅绒到古铜色的黄菊；
带紫茎的微绿色的"真菊"
是些小小的玉管儿缀成的，
为的是好让小花神儿
夜里偷去当了笙儿吹着。

大似牡丹的菊王到底奢豪些，
他的枣红色的瓣儿，铠甲似的，
张张都装上银白的里子了；
星星似的小菊花蕾儿
还拥着褐色的萼被睡着觉呢。

啊！自然美的总收成啊！
我们祖国之秋的杰作啊！
啊！东方的花，骚人逸士的花呀！
那东方的诗魂陶元亮
不是你的灵魂的化身罢？
那祖国的登高饮酒的重九
不又是你诞生的吉辰吗？

你不像这里的热欲的蔷薇,
那微贱的紫萝兰更比不上你。
你是有历史,有风俗的花。
啊!四千年的华胄的名花呀!
你有高超的历史,你有逸雅的风俗!

啊!诗人的花呀!我想起你,
我的心也开成顷刻之花,
灿烂的如同你的一样;
我想起你同我的家乡,
我们的庄严灿烂的祖国,
我的希望之花又开得同你一样。

习习的秋风啊!吹着,吹着!
我要赞美我祖国的花!
我要赞美我如花的祖国!
请将我的字吹成一簇鲜花,
金的黄,玉的白,春酿的绿,秋山的紫,……
然后又统统吹散,吹得落英缤纷,
弥漫了高天,铺遍了大地!

秋风啊!习习的秋风啊!
我要赞美我祖国的花!
我要赞美我如花的祖国!

秋　色

（芝加哥洁阁森公园里）
　　诗情也似并刀快，
　　剪得秋光入卷来。

——陆游

紫得像葡萄似的涧水
翻起了一层层金色的鲤鱼鳞。

几片剪形的枫叶，
仿佛朱砂色的燕子，
颠斜地在水面上
旋着，掠着，翻着，低昂着……

肥厚得熊掌似的
棕黄色的大橡叶，
在绿茵上狼藉着。
松鼠们张张慌慌地
在叶间爬出爬进，
搜猎着他们来冬的粮食。

成了年的栗叶

向西风抱怨了一夜,
终于得了自由,
红着干燥的脸儿,
笑嘻嘻地辞了故枝。

白鸽子,花鸽子。
红眼的银灰色的鸽子,
乌鸦似的黑鸽子,
背上闪着紫的绿的金光——
倦飞的众鸽子在阶下集齐了,
都将喙子插在翅膀里,
寂静悄静地打盹了。

水似的空气泛滥了宇宙;
三五个活泼泼的小孩,
(披着桔红的黄的黑的毛绒衫)
在丁香丛里穿着,
好像戏着浮萍的金鱼儿呢。

是黄浦江上林立的帆樯?
这数不清的削瘦的白杨
只竖在石青的天空里发呆。

倜傥的绿杨像位豪贵的公子,
裹着件平金的绣蟒,
一只手叉着腰身,
照着心烦的碧玉池,
玩媚着自身的模样儿。

凭在十二曲的水晶栏上,
晨曦瞰着世界微笑了,
笑出金子来了——
黄金笑在槐树上,
赤金笑在橡树上,
白金笑在白松皮上。

哦,这些树不是树了!
是些绚缦的祥云——
琥珀的云,玛瑙的云,
灵风扇着,旭日射着的云。
哦!这些树不是树了,
是百宝玲珑的祥云。

哦,这些树不是树了,
是紫禁城里的宫阙——
黄的琉璃瓦,

绿的琉璃瓦；
楼上起楼，阁外架阁……
小鸟唱着银声的歌儿，
是殿角的风铃的共鸣。
哦！这些树不是树了，
是金碧辉煌的帝京。

啊！斑斓的秋树啊！
陵阳公样的瑞锦，
土耳基的地毯，
Notre Dame 的蔷薇窗，
Fra Angelico 的天使画，
都不及你这色彩鲜明哦！

啊！斑斓的秋树啊！
我羡煞你们这浪漫的世界，
这波希米亚的生活！
我羡煞你们的色彩！

哦！我要请天孙织件锦袍，
给我穿着你的色彩！
我要从葡萄，桔子，高粱……里
把你榨出来，喝着你的色彩！

我要借义山济慈的诗
唱着你的色彩!
在蒲寄尼的 La Boheme 里,
在七宝烧的博山炉里,
我还要听着你的色彩,
嗅着你的色彩!

哦!我要过个色彩的生活,
和这斑斓的秋树一般!

秋深了

秋深了，人病了。
人敌不住秋了；
镇日拥着件大氅，
像只煨灶的猫，
蜷在摇椅上摇……摇……摇……
想着祖国，
想着家庭，
想着母校，
想着故人，
想着不胜想，不堪想的胜境良朝。

春的荣华逝了，
夏的荣华逝了；
秋在对面嵌白框窗子的
金字塔似的木板房子檐下，
抱着香黄色的破头帕，
追想春夏已逝的荣华；
想的伤心时，
飒飒地洒下几点黄金泪。

啊！秋是追想的时期！
秋是堕泪的时期！

秋之末日

和西风酗了一夜的酒,
醉得颠头跌脑,
洒了金子扯了锦绣,
还呼呼地吼个不休。

奢豪的秋,自然的浪子哦!
春夏辛苦了半年,
能有多少的积蓄,
来供你这般地挥霍呢?
如今该要破产了罢!

废 园

一只落魄的蜜蜂,
像个沿门托钵的病僧,
游到被秋雨踢倒了的
一堆烂纸似的鸡冠花上,
闻了一闻,马上飞走了。

啊!零落的悲哀哟!
是蜂的悲哀?是花的悲哀?

小　溪

铅灰色的树影，
是一长篇恶梦，
横压在昏睡着的
小溪的胸膛上。
小溪挣扎着，挣扎着……
似乎毫无一点影响。

稚 松

他在夕阳的红纱灯笼下站着,
他扭着颈子望着你,
他散开了藏着金色圆眼的,
海绿色的花翎——一层层的花翎。
他像是金谷园里的
一只开屏的孔雀罢?

烂　果

我的肉早被黑虫子咬烂了。
我睡在冷辣的青苔上，
索性让烂的越加烂了。
只等烂穿了我的核甲，
烂破了我的监牢，
我的幽闭的灵魂
便穿着豆绿的背心，
笑迷迷地要跳出来了！

色 彩

生命是张没价值的白纸，

自从绿给了我发展，

红给了我情热，

黄教我以忠义，

蓝教我以高洁，

粉红赐我以希望，

灰白赠我以悲哀；

再完成这帧彩图，

黑还要加我以死。

从此以后，

我便溺爱于我的生命，

因为我爱他的色彩。

梦　者

假如那绿晶晶的鬼火
是墓中人的
梦里迸出的星光，
那我也不怕死了！

红 豆

一

红豆似的相思啊!
一粒粒的
坠进生命的磁坛里了……
听他跳激的音声,
这般凄楚!
这般清切!

二

相思着了火,
有泪雨洒着,
还烧得好一点;
最难禁的,
是突如其来
赶不及哭的干相思。

三

意识在时间的路上旅行:

每逢插起一杆红旗之处,
那便是——
相思设下的关卡,
挡住行人,
勒索路捐的。

四

袅袅的篆烟啊!
是古丽的文章,
淡写相思的诗句。

五

比方有一屑月光,
偷来匍匐在你枕上,
刺着你的倦眼,
撩得你镇夜不着,
你讨厌他不?
那么这样便是相思了!

六

相思是不作声的蚊子,

偷偷地咬了一口,
陡然痛了一下,
以后便是一阵的奇痒。

七

我的心是个没设防的空城,
半夜里忽被相思袭击了,
我的心旌
只是一片倒降;
我只盼望——
它恣情屠烧一回就去了;
谁知他竟永远占据着,
建设起宫墙来了呢?

八

有两样东西,
我总想撇开,
却又总舍不得:
我的生命,
同为了爱人儿的相思。

九

爱人啊!

将我作经线,

你作纬线,

命运织就了我们的婚姻之锦;

但是一帧回文锦哦!

横看是相思,

直看是相思,

顺看是相思。

倒看是相思,

斜看正看都是相思,

怎样看也看不出团圞二字。

十

我俩是一体了!

我们的结合,

至少也和地球一般圆满。

但你是东半球,

我是西半球,

我们又自己放着眼泪,

做成了这苍莽的太平洋,
隔断了我们自己。

十一

相思枕上的长夜,
怎样的厌厌难尽啊!
但这才是岁岁年年中之一夜,
大海里的一个波涛。
爱人啊!
叫我又怎样泅过这时间之海?

十二

我们有一天
相见接吻时,
若是我没小心,
掉出一滴苦泪,
溃痛了你的粉颊,
你可不要惊讶!
那里有多少年的
生了锈的情热的成分啊!

十三

我到底是个男子!
我们将来见面时,
我能对你哭完了,
马上又对你笑。
你却不必如此;
你可以仰面望着我,
像一朵湿蔷薇,
在霁后的斜阳里。
慢慢儿晒干你的眼泪。

十四

我把这些诗寄给你了,
这些字你若不全认识,
那也不要紧。
你可以用手指
轻轻摩着他们,
像医生按着病人的脉,
你许可以试出
他们紧张地跳着,

同你心跳的节奏一般。

十五

古怪的爱人儿啊!
我梦时看见的你
是背面的。

十六

在雪黯风骄的严冬里,
忽然出了一颗红日;
在心灰意冷的情绪里,
忽然起了一阵相思——
这都是我没料定的。

十七

讨诗债的债主
果然回来了!
我先不妨
倾了我的家资还着。
到底实在还不清了,

再剜出我的心头肉,
同心一起付给他罢。

十八

我昼夜唱着相思的歌儿。
他们说我唱得形容憔悴了,
我将浪费了我的生命。
相思啊!
我颂了你吗?
我是吐尽明丝的蚕儿,
死是我的休息;
我诅了你吗?
我是吐出毒剑的蜂儿,
死是我的刑罚。

十九

我是只惊弓的断雁,
我的嘴要叫着你,
又要衔着芦苇,
保障着我的生命。
我真狼狈哟!

二〇

扑不灭的相思。
莫非是生命之原上的野烧?
株株小草的绿意,
都要被他烧焦了啊!

二一

深夜若是一口池塘。
这飘在他的黛漪上的
淡白的小菱花儿,
便是相思的花儿了。
哦!他结成青的,血青的,
有尖角的果子了!

二二

我们的春又回来了,
我搜尽我的诗句,
忙写着红纸的宜春帖。
我也不妨就便写张

"百无禁忌"。
从此我若失错触了忌讳,
我们都不必介意罢!

二三

我们是两片浮萍:
从我们聚散底速率,
同距离的远度,
可以看出风儿的缓急,
浪儿的大小。

二四

我们是鞭丝抽拢的伙伴,
我们是鞭丝抽散的离侣。
万能的鞭丝啊!
叫我们赞颂吗?
还是诅咒呢?

二五

我们弱者是鱼肉;

我们曾被求福者
重看了盛在筵笠里，
供在礼教底龛前。
我们多么荣耀啊！

二六

你明白了吗？
我们是照着客们吃喜酒的
一对红蜡烛；
我们站在桌子的
两斜对角上，
悄悄地烧着我们的生命，
给他们凑热闹。
他们吃完了，
我们的生命也烧尽了。

二七

若是我的话
讲得太多，
讲到末尾，
便胡讲一阵了，
请你只当我灶上的烟囱：

口里虽勃勃地吐着黑灰，
心里依旧是红热的。

二八

这算他圆满底三绝罢！——
莲子，
泪珠儿，
我们的婚姻。

二九

这一滴红泪：
不是别后的清愁，
却是聚前的炎痛。

三〇

他们削破了我的皮肉，
冒着险将伊的枝儿
强蛮地插在我的茎上。
如今我虽带着瘿肿的疤痕，
却开出从来没开过的花儿了。

他们是怎样狠心的聪明啊！
但每回我瞟出看花的人们
上下抛着眼珠儿，
打量着我的茎儿时，
我的脸就红了！

三一

哦，脑子啊！
刻着虫书鸟篆的
一块妖魔的石头，
是我的佩刀的砺石，
也是我爱河里的礁石，
爱人儿啊！
这又是我俩之间的界石！

三二

幽冷的星儿啊！
这般零乱的一团！
爱人儿啊！
我们的命运，
都摆布在这里了！

三三

冬天的长夜,
好不容易等到天明了,
还是一块冷冰冰的
铅灰色的天宇,
哪里看得见太阳呢?
爱人啊!哭罢!哭罢!
这便是我们的将来哟!

三四

我是狂怒的海神,
你是被我捕着的一叶轻舟。
我的情潮一起一落之间,
我笑着看你颠簸;
我的千百个涛头
用白晃晃的锯齿咬你,
把你咬碎了,
便和樯带舵吞了下去。

三五

夜鹰号咷地叫着;

北风拍着门环,
撕着窗纸,
撞着墙壁,
掀着屋瓦,
非闯进来不可。
红烛只不息地淌着血泪,
凝成大堆赤色的石钟乳。
爱人啊!你在哪里?
快来剪去那乌云似的烛花,
快窝着你的素手
遮护着这抖颤的烛焰!
爱人啊!你在哪里?

三六

当我告诉你们:
我曾在玉箫牙板,
一派悠扬的细乐里,
亲手掀起了伊的红盖帕;
我曾著着银烛,
一壁撷着伊的凤钗,
一壁在伊耳边问道:
"认得我吗?"
朋友们啊!

当你们听我讲这些故事时,
我又在你们的笑容里,
认出了你们私心的艳羡。

三七

这比我的新人,
谁个温柔?
从炉面镂空的双喜字间,
吐出了一线蜿蜒的香篆。

三八

你午睡醒来,
脸上印着红凹的簟纹,
怕是练子锁着的
梦魂儿罢?
我吻着你的香腮,
便吻着你的梦儿了。

三九

我若替伊画像,

我不许一点人工产物

污秽了伊的玉体。

我并不是用画家的肉眼,

在一套曲线里看伊的美;

但我要描出我常梦着的伊——

一个通灵澈洁的裸体的天使!

所以为免除误会起见,

我还要叫伊这两肩上

生出一双翅膀来。

若有人还不明白,

便把伊错认作一只彩凤,

那倒没什么不可。

四〇

假如黄昏时分,

忽来了一阵雷电交加的风暴,

不须怕得呀,爱人!

我将紧拉着你的手,

到窗口并肩坐下;

我们一句话也不要讲,

我们只凝视着

我们自己的爱力

在天边碰着,

碰出些金箭似的光芒,

炫瞎我们自己的眼睛。

四一

有酸的,有甜的,有苦的,有辣的。

豆子都是红色的,

味道却不同了。

辣的先让礼教尝尝!

苦的我们分着囫囵地吞下。

酸的酸得像梅子一般,

不妨细嚼着止止我们的渴。

甜的呢!

啊!甜的红豆都分送给邻家作种子罢!

四二

我唱过了各样的歌儿,

单单忘记了你。

但我的歌儿该当越唱越新,越美。

这些最后唱的最美的歌儿,

一字一颗明珠,

一字一颗热泪,
我的皇后啊!
这些算了我赎罪的菲仪,
这些我跪着捧献给你。

收 回

那一天只要命运肯放我们走!
不要怕;虽然得走过一个黑洞,
你大胆的走;让我掇着你的手;
也不用问哪里来的一阵阴风。

只记住了我今天的话,留心那
一掬温存,几朵吻,留心那几炷笑,
都给拾起来,没有差;——记住我的话,
拾起来,还有珊瑚色的一串心跳。

可怜今天苦了你——心渴望着心——
那时候该让你拾,拾一个痛快,
拾起我们今天损失了的黄金。
那斑斓的残瓣,都是我们的爱,
拾起来,戴上。
你戴着爱的圆光,
我们再走,管他是地狱,是天堂!

"你指着太阳起誓"

你指着太阳起誓，叫天边的寒雁
说你的忠贞。好了，我完全相信你，
甚至热情开出泪花，我也不诧异。
只是你要说什么海枯，什么石烂……
那便笑得死我。这一口气的工夫
还不够我陶醉的？还说什么"永久"？
爱，你知道我只有一口气的贪图，
快来箍紧我的心，快！啊，你走，你走……

我早算就了你那一手——也不是变卦——
"永久"早许给了别人，秕糠是我的份，
别人得的才是你的菁华——不坏的千春。
你不信？假如一天死神拿出你的花押，
你走不走？去去！去恋着他的怀抱，
跟他去讲那海枯石烂不变的贞操！

大 鼓 师

我挂上一面豹皮的大鼓,
我敲着它游遍了一个世界,
我唱过了形形色色的歌儿,
我也听饱了喝不完的彩。

一角斜阳倒挂在檐下,
我蹑着芒鞋,踏入了家村。
"咱们自己的那只歌儿呢?"
她赶上前来,一阵的高兴。

我会唱英雄,我会唱豪杰,
那倩女情郎的歌,我也唱,
若要问到咱们自己的歌,
天知道,我真说不出的心慌!

我却吞下了悲哀,叫她一声,
"快拿我的三弦来,快呀快!
这只破鼓也忒嫌闹了,我要
那弦子弹出我的歌儿来。"

我先弹着一群白鸽在霜林里,

珊瑚爪儿踩着黄叶一堆；
然后你听那秋虫在石缝里叫，
忽然又变了冷雨洒着柴扉。

洒不尽的雨，流不完的泪，……
我叫声"娘子！"把弦子丢了，
"今天我们拿什么作歌来唱？
歌儿早已化作泪儿流了！

"怎么？怎么你也抬不起头来？
啊！这怎么办，怎么办！……
来！你来！我兜出来的悲哀，
得让我自己来吻它干。

"只让我这样呆望着你，娘子，
像窗外的寒蕉望着月亮，
让我只在静默中赞美你，
可是总想不出什么歌来唱。

"纵然是刀斧削出的连理枝，
你瞧，这姿势一点也没有扭。
我可怜的人，你莫疑我，
我原也不怪那挥刀的手。

"你不要多心，我也不要问，

山泉到了井底,还往哪里流?
我知道你永远起不了波澜,
我要你永远给我润着歌喉。

"假如最末的希望否认了孤舟,
假如你拒绝了我,我的船坞!
我战着风涛,日暮归来,
谁是我的家,谁是我的归宿?

"但是,娘子啊!在你的尊前,
许我大鼓三弦都不要用;
我们委实没有歌好唱,我们
既不是儿女,又不是英雄!"

应得轻轻的错过。
你莫碰我!

你莫管我!
从今加上一把锁;
再不要敲错了门,
今回算我闯的祸。
你莫管我!
怕不要老尽春光老尽了人?
呵,不要探望你的家乡,朋友们,
家乡是个贼,他能偷去你的心!

也 许

——葬歌

也许你真是哭得太累,
也许,也许你要睡一睡,
那么叫夜鹰不要咳嗽,
蛙不要号,蝙蝠不要飞,

不许阳光拨你的眼帘,
不许清风刷上你的眉,
无论谁都不能惊醒你,
撑一伞松阴庇护你睡,

也许你听这蚯蚓翻泥,
听这小草的根须吸水,
也许你听这般的音乐
比那咒骂的人声更美;

那么你先把眼皮闭紧,
我就让你睡,我让你睡,
我把黄土轻轻盖着你,
我叫纸钱儿缓缓的飞。

忘 掉 她

忘掉她,像一朵忘掉的花,——
那朝霞在花瓣上,
那花心的一缕香——
忘掉她,像一朵忘掉的花!

忘掉她,像一朵忘掉的花!
像春风里一出梦,
像梦里的一声钟,
忘掉她,像一朵忘掉的花!

忘掉她,像一朵忘掉的花!
听蟋蟀唱得多好,
看墓草长得多高;
忘掉她,像一朵忘掉的花!

忘掉她,像一朵忘掉的花!
她已经忘记了你,
她什么都记不起;
忘掉她,像一朵忘掉的花!

忘掉她,像一朵忘掉的花!

年华那朋友真好,
他明天就教你老;
忘掉她,像一朵忘掉的花!

忘掉她,像一朵忘掉的花!
如果是有人要问,
就说没有那个人;
忘掉她,像一朵忘掉的花!

忘掉她,像一朵忘掉的花!
像春风里一出梦,
像梦里的一声钟,
忘掉她,像一朵忘掉的花!

泪 雨

他在那生命的阳春时节，
曾流着号饥号寒的眼泪；
那原是舒生解冻的春霖，
却也兆征了生命的哀悲。

他少年的泪是连绵的阴雨。
暗中浇熟了酸苦的黄梅；
如今黑云密布，雷电交加，
他的泪像夏雨一般的滂沛。

中途的怅惘，老大的蹉跎，
他知道中年的苦泪更多，
中年的泪定似秋雨淅沥，
梧桐叶上敲着永夜的悲歌。

谁说生命的残冬没有眼泪？
老年的泪是悲哀的总和；
他还有一掬结晶的老泪。
要开作漫天愁人的花朵。

末 日

露水在笕筒里哽咽着,
芭蕉的绿舌头舐着玻璃窗,
四围的垩壁都往后退,
我一人填不满偌大一间房。

我心房里烧上一盆火,
静候着一个远道的客人来,
我用蛛丝鼠矢喂火盆,
我又用花蛇的鳞甲代劈柴。

鸡声直催,盆里一堆灰,
一股阴风偷来摸着我的口,
原来客人就在我眼前,
我眼皮一闭,就跟着客人走。

黄　昏

黄昏是一头迟笨的黑牛，
一步一步的走下了西山；
不许把城门关锁得太早，
总要等黑牛走进了城圈。

黄昏是一头神秘的黑牛，
不知他是哪一界的神仙——
天天月亮要送他到城里，
一早太阳又牵上了西山。

我要回来

我要回来,
乘你的拳头像兰花未放,
乘你的柔发和柔丝一样,
乘你的眼睛里燃着灵光,
我要回来。

我没回来,
乘你的脚步像风中荡桨,
乘你的心灵像痴蝇打窗,
乘你笑声里有银的铃铛,
我没回来。

我该回来,
乘你的眼睛里一阵昏迷,
乘一口阴风把残灯吹熄,
乘一只冷手来掇走了你,
我该回来。

我回来了,
乘流萤打着灯笼照着你,
乘你的耳边悲啼着莎鸡,

乘你睡着了，含一口沙泥，
我回来了。

夜 歌

癞虾蟆抽了一个寒噤,
黄土堆里蹿出个妇人,
妇人身旁找不出阴影,
月色却是如此的分明。

黄土堆里钻出个妇人,
黄土堆上并没有裂痕;
也不曾惊动一条蚯蚓,
或绷断蟒蛸一根网绳。

月光底下坐着个妇人,
妇人的容貌好似青春,
猩红衫子血样的狰狞,
鬅松的散发披了一身。

妇人在号咷,捶着胸心,
癞虾蟆只是打着寒噤,
远村的荒鸡哇的一声,
黄土堆上不见了妇人。

心　跳

这灯光，这灯光漂白了的四壁；
这贤良的桌椅，朋友似的亲密；
这古书的纸香一阵阵的袭来；
要好的茶杯贞女一般的洁白；
受哺的小儿喽呷在母亲怀里，
鼾声报道我大儿康健的消息……
这神秘的静夜，这浑圆的和平，
我喉咙里颤动着感谢的歌声。
但是歌声马上又变成了诅咒，
静夜！我不能，不能受你的贿赂。
谁希罕你这墙内尺方的和平！
我的世界还有更辽阔的边境。
这四墙既隔不断战争的喧嚣，
你有什么方法禁止我的心跳？
最好是让这口里塞满了沙泥，
如其他只会唱着个人的休戚！
最好是让这头颅给田鼠掘洞，
让这一团血肉也去喂着尸虫、
如果只是为了一杯酒，一本诗，
静夜里钟摆摇来的一片闲适，
就听不见了你们四邻的呻吟，

看不见寡妇孤儿抖颤的身影,
战壕里的痉挛,疯人咬着病榻,
和各种惨剧在生活的磨子下。
幸福!我如今不能受你的私贿,
我的世界不在这尺方的墙内。
听!又是一阵炮声,死神的咆哮。
静夜!你如何能禁止我的心跳?

一个观念

你隽永的神秘,你美丽的谎,
你倔强的质问,你一道金光,
一点儿亲密的意义,一股火,
一缕缥缈的呼声,你是什么?
我不疑,这因缘一点也不假,
我知道海洋不骗他的浪花。
既然是节奏,就不该抱怨歌。
啊,横暴的威灵,你降伏了我,
你降伏了我!你绚缦的长虹——
五千多年的记忆,你不要动,
如今我只问怎样抱得紧你……
你是那样的横蛮,那样美丽!

发 现

我来了，我喊一声，迸着血泪，
"这不是我的中华，不对，不对！"
我来了，因为我听见你叫我；
鞭着时间的罡风，擎一把火，
我来了，不知道是一场空喜。
我会见的是噩梦，哪里是你？
那是恐怖，是噩梦挂着悬崖，
那不是你，那不是我的心爱！
我追问青天，逼迫八面的风，
我问，拳头擂着大地的赤胸，
总问不出消息；我哭着叫你，
呕出一颗心来，——在我心里！

祈 祷

请告诉我谁是中国人,
启示我,如何把记忆抱紧;
请告诉我这民族的伟大,
轻轻的告诉我,不要喧哗!

请告诉我谁是中国人,
谁的心里有尧舜的心,
谁的血是荆轲聂政的血,
谁是神农黄帝的遗孽。

告诉我那智慧来得离奇,
说是河马献来的馈礼;
还告诉我这歌声的节奏,
原是九苞凤凰的传授。

谁告诉我戈壁的沉默,
和五岳的庄严?又告诉我
泰山的石雷还滴着忍耐,
大江黄河又流着和谐?

再告诉我,哪一滴清泪

是孔子吊唁死麟的伤悲?
那狂笑也得告诉我才好,——
庄周,淳于髡,东方朔的笑。

请告诉我谁是中国人,
启示我,如何把记忆抱紧;
请告诉我这民族的伟大,
轻轻的告诉我,不要喧哗!

一句话

有一句话说出就是祸,
有一句话能点得着火。
别看五千年没有说破,
你猜得透火山的缄默?
说不定是突然着了魔,
突然青天里一个霹雳
爆一声:
"咱们的中国!"

这话叫我今天怎样说?
你不信铁树开花也可,
那么有一句话你听着:
等火山忍不住了缄默,
不要发抖,伸舌头,顿脚,
等到青天里一个霹雳
爆一声:
"咱们的中国!"

罪　过

老头儿和担子摔一交，
满地是白杏儿红樱桃。
老头儿爬起来直哆嗦，
　"我知道我今日的罪过！"
　"手破了，老头儿你瞧瞧。"
　"唉！都给压碎了，好樱桃！"
　"老头儿你别是病了罢？
你怎么直楞着不说话？"
　"我知道我今日的罪过，
一早起我儿子直催我。
我儿子躺在床上发狠，
他骂我怎么还不出城。

　"我知道今日个不早了，
没想到一下子睡着了。
这叫我怎么办，怎么办？
回头一家人怎么吃饭？"
老头儿拾起来又掉了，
满地是白杏儿红樱桃。

天 安 门

好家伙！今日可吓坏了我！
两条腿到这会儿还哆嗦。
瞧着，瞧着，都要追上来了，
要不，我为什么要那么跑？
先生，让我喘口气，那东西，
你没有瞧见那黑漆漆的，
没脑袋的，蹶腿的，多可怕，
还摇晃着白旗儿说着话……
这年头真没法办，你问谁？
真是人都办不了，别说鬼。
还开会啦，还不老实点儿！
你瞧，都是谁家的小孩儿，
不才十来岁儿吗？干吗的！
脑袋瓜上不是使枪扎的？
先生，听说昨日又死了人，
管包死的又是傻学生们。
这年头儿也真有那怪事，
那学生们有的喝，有的吃，——
咱二叔头年死在杨柳青，
那是饿的没法儿去当兵，——
谁拿老命白白的送阎王！

咱一辈子没撒过谎，我想
刚灌上俩子儿油，一整勺，
怎么走着走着瞧不见道。
怨不得小秃子吓掉了魂，
劝人黑夜里别走天安门。
得！就算咱拉车的活倒霉，
赶明日北京满城都是鬼！

飞 毛 腿

我说飞毛腿那小子也真够别扭,
管包是拉了半天车得半天歇着,
一天少了说也得二三两白干儿,
醉醺醺的一死儿拉着人谈天儿。
他妈的谁能陪着那个小子混呢?
"天为啥是蓝的?"没事他该问你。
还吹他妈什么箫,你瞧那副神儿,
窝着件破棉袄,老婆的,也没准儿,
再瞧他擦着那车上的俩大灯罩,
擦着擦着问你曹操有多少人马。
成天儿车灯车把且擦且不完啦,
我说"飞毛腿你怎不擦擦脸啦?"
可是飞毛腿的车擦得真够亮的,
许是得擦到和他那心地一样的!
嗐!那天河里飘着飞毛腿的尸首,……
飞毛腿那老婆死得太不是时候。

闻一多先生的书桌

忽然一切的静物都讲话了,
忽然间书桌上怨声腾沸:
墨盒呻吟道"我渴得要死!"
字典喊雨水渍湿了他的背;

信笺忙叫道弯痛了他的腰;
钢笔说烟灰闭塞了他的嘴,
毛笔讲火柴烧秃了他的须,
铅笔抱怨牙刷压了他的腿,

香炉咕喽着"这些野蛮的书
早晚定规要把你挤倒了!"
大钢表叹息快睡锈了骨头;
"风来了!风来了!"稿纸都叫了;

笔洗说他分明是盛水的,
怎么吃得惯臭辣的雪茄灰;
桌子怨一年洗不上两回澡,
墨水壶说"我两天给你洗一回。"

"什么主人?谁是我们的主人?"

一切的静物都同声骂道,
　"生活若果是这般的狼狈,
　倒还不如没有生活的好!"

主人咬着烟斗迷迷的笑,
　"一切的众生应该各安其位。
　我何曾有意的糟蹋你们,
　秩序不在我的能力之内。"

雪 片

一个雪片离开了青天的时候，
他飘来飘去地讲"再见！
再见，亲爱的云，你这样冷淡！"
然后轻轻地向前迈住。

一个雪片寻着了一株树的时候，
"你好！"他说——"你可平安！
你这样的赤裸与孤单，亲爱的，
我要休息，并且叫我的同伴都来。"

但是，一个雪片勇敢而且和蔼，
歇在一个佳人底蔷薇颊上的时候，
他吃了一惊，"好温柔的天气呀！
这是夏季？"——他就融化了。

朝　日

夜已将他的黑幕卷起了，
世界还被酣梦羁绊着咧；
勤苦的太阳像一家的主人翁，
先起来了，披着他的绣裳，
偷偷地走到各个窗子前来，
喊他的睡觉的骄儿起来做工。
啊！这样寂静灵幻的睡容，
他哪里敢惊动呢？
他不敢惊动，只望着他笑，
但他的笑散出热炙的光芒，
注射到他睡觉的脸上，
却惊动了他的灵魂，摆脱了他的酣梦，——
睡觉的起来！

忠　告

人说："月儿，你圆似弹丸，缺似弓弦；

圆时虽美，缺的难看！"

我说："月儿，圆缺是你的常事，你别存美丑的观念！

你缺到半规，缺到蛾眉，我还是爱你那清光灿烂；

但是，你若怕丑，躲在黑云里，不肯露面，我看不见你，便疑你像龟鼋的甲，蟾蜍的衣，夜叉的脸。"

率 真

莺儿,你唱得这样高兴,
你知道树下靠着一个人是为什么的吗?
鸦儿,你也唱得这样高兴,
你不曾听见诅骂的声音吗?
好鸟儿!我想你们只知道有了歌儿就该唱,
什么赞美,什么诅骂,你们怎能管得着?
咦!鹦哥,鸟族的不肖之子,
忘了自己的歌儿学人语,
世界上哪里去找音乐呢?

志 愿

柔和的新月！放荡的青春！

柔春里的长途散步；我们俩正值朱颜。我听见你讲："早点预备晚饭，赶快做菜。今晚有新月，让我们设些志愿，我们一块儿去散步……睡觉还早着咧。"

柔和的新月！放荡的青春！

你啸了一个调儿，我把窗户推开了，把窗户推开了，好让小小的新月窥进来。我的心很快活，他唱一个小调儿。他唱的像一只鸟样，通夜在我的梦寐里还唱着，一首癫狂的小歌儿。

柔和的新月！放荡的青春！

你的志愿在四方。个个男儿都如此。我的志愿还是旧的志愿，你的志愿成功了。青春迟暮了。朱颜萧索了。

新月灰木了。全世界都老了。

让窗户开着。睡觉还早着咧。

柔和的新月！放荡的青春！

窗户还是开着，一个憔悴的老月，古怪而且昏沉，望着我笑，斜着眼珠儿进来了，像一个老妈子叽哩咕噜讲道：

有——次——一个——女——人——

你……你……你……

从她的肩背上望过来!

你……你……你……

望——着——我——我那时候——正在——新弦,

设了一个志愿,没有——成——功——

没有——成——功!

你……你……你……,

可恶的老月!……

现在我再不早预备晚饭了。为新月忙碌是没有用的。一个调儿他常常啸着……

我已经忘了那调儿……

放荡的老月!柔和的青春!

关上窗户。过了好久——过了一生。

伤 心

风儿歇了，
柳条儿舞倦了，
雀儿的嗓子叫干了，
春的力也竭了。

肥了绿的，
瘦了红的；
好容易穿透了花丛，
才找出一个恋春的孤客。
拉着他的枝儿，
细细地总看不足，
忽地里把他放了，
弹得一阵残红纷纷……
快放下你的眼帘，
这样惨象如何看得？
唉！气不完，又哭不出，
只咬着指尖儿默默地想着——
你又何必这样呢？

一个小囚犯

妈！我还记得，一个四月天，雨脚刚收，

檐沟正忙得吼吼声，

园里的花香跟湫湿的土气在鼻子里冲突。

一双黄蝴蝶又来偷花粉，

太阳斜着眼珠儿瞅着我笑，

我想是他叫我去逮贼，

马上邀我的朋友赶去。

贼没有逮着，我们反跌了一交，

涂得满身的污泥，手被花刺儿戟破了。

我回家来，望着你哭。

你不问底细，就把我关在房里，再不准我出来了。

我关了一个月，我问你：

"妈！事已经过了，我关得很久了，可不可放我出来？"

你说："不怕丑的孩子！身上弄得那样脏，还好意思见人吗？"

我说："妈，请你替我洗洗，换一身簇新的衣服，我再也不顽皮了。"

你攒着眉尖儿想了半天才讲："人家的孩子们都在家里玩着咧……"

我关了两个月——关病了——我又问你，一壁哭着：

"妈！你一辈子不放我出来吗？

唉！你不知道我病了吗？

整天儿没吸一点新鲜空气，没见一线阳光，

再不放我出来，我真要活活的闭(憋)死了啊！"

你说："乖儿，你病到这样，外边那大的风雨，你怎能禁得住呢？

医生吩咐你在家里养病。"

我关了半年，尝饱了药味，病减了一点，我又问你：

"妈！我的病好了，现在我该出去玩了罢？"

你说："你还没好完，你可以推开窗子望望，但不要走到外边去了。"

窗子开了——哪里淌来的一阵如泣如诉的歌声？听！

"放我出来！

这无期的幽禁，我怎能受得了？

放我出来，把那腐锈渣滓，一齐刮掉，

还是一颗明星，永作你黑夜长途的向导。

不放我出来，待我郁发了酵，更醉得昏头昏脑，

莫怪我撞破了监牢，闹得这世界东颠西倒，

放我出来！"

歌儿毕了，我四面寻找，找不出唱歌的人。

我很喜欢，我也失望，我又问你：

"妈！我从前的伴儿不能帮助我，

致会我弄脏了衣服，戟破了手皮，

假若现在来了一个小孩，教我不要捉蝴蝶，也不要踏污泥，

但陪着我好好生生地玩耍，还唱嘹亮的歌儿，

你也不放我出去吗？"

你说："可以放你，但你又上哪里找这样一个伴儿呢？"

从此以后，我便天天站在窗口喊：

"唱歌的人儿，我们俩一块儿出来罢！"

不晓得唱歌的人儿听见没有。

所 见

露出点点的山岫；
天空里浮着一段长眉
深绿的颜色，刚才望得
孤单单地撑着的阴岩
仿佛是在海里洗澡的大鸭伸起来的嘴子。

春阳暗地里润泽他，
就吐出濯濯的秀色，
岩峦崒是峰，
却软得同喝着重酒一般。

南 山 诗 (古诗今译)

听说京城的南边，

是群山底渊薮；

东西两头抵到海，

大的小的数不清。

《山海经》，《地理志》，

一概无研究；

想采书文叙一遍，

却怕十分之中漏了九，

即想不写又不能，

只得尽我看见的说一点。

我常在高山上望见，

戢戢小丘往拢凑着，

天晴显出森森的棱角，

还有丝丝的乱脉如同锦绣一般；

一阵山气正是密密地浑着，

忽地里外两通透——

没有风儿，还自簸动飘摇，

融汲和软，而且茂盛。

横到的金彩有时又平静地凝着，

露出点点的山岫；
天空里浮着一段长眉，
深绿的颜色，刚才画得；
孤单单地撑着的险岩，
仿佛是在海里洗澡的大鹏伸起来的嘴子。

春阳暗地里润泽他，
就吐出濯濯的秀色，
岩峦虽是崒峰，
却软得同喝着重酒一般。

晚霁见月

好了！风翅掩了，
雨脚歇了，
可惜太阳回来了，
天色暗了，
剩下崎岖汹涌的云山云海，
塞满了天空。

忽地波带银了，
随树沉了，
竟是黄昏死了，
白月生了——
但是崎岖汹涌的云山云海，
塞满了天空！

莫愁太阳白落，
睡煞人儿，
且待月亮照着，
唤醒魂儿。

但是，崎岖汹涌的云山云海，
塞满了天空！

醒　呀！

（众）　天鸡怒号，东方已经白了，
　　　　庆云是希望开成五色的花。
　　　　醒呀，神勇的大王，醒呀！
　　　　你的鼾声真和缓得可怕。

　　　　他们说长夜闭熄了你的灵魂，
　　　　长夜的风霜是致命的刀。
　　　　熟睡的神狮呀，你还不醒来？
　　　　醒呀！我们都等候得心焦了！

（汉）　我叫五岳的山禽奏乐，
　　　　我叫三江的鱼龙舞蹈。
　　　　醒呀！神的元首，醒呀！

（满）　我献给你长白的驯鹿，
　　　　我献给你黑龙的活水。
　　　　醒呀！勇武的单于，醒呀！

（蒙）　我有大漠供你的驰骤，
　　　　我有西套作你的庖厨。

醒呀！伟大的可汗，醒呀！

（回） 我给你筑碧玉的洞宫，
我请你在葱岭上巡狩。
醒呀！神圣的苏丹，醒呀！

（藏） 我吩咐喇嘛日夜祷求，
我焚起麝香来欢迎你。
醒呀！庄严的活佛，醒呀！

（众） 让这些祷词攻破睡乡的城，
让我们把眼泪来浇醒你。
威严的大王呀，你可怜我们！
我们的灵魂儿如此的战栗！

醒呀！请扯破了梦魔的网罗。
神州给虎豹豺狼糟蹋了。
醒了罢！醒了罢！威武的神狮！
听我在五色旗下哀号。

爱国的心

我心头有一幅旌旆
没有风时自然摇摆；
我这幅抖颤的心旌
上面有五样的色彩。

这心腹里海棠叶形
是中华版图底的本；
谁能偷去伊的版图？
谁能偷得去我的心？

叫 卖 歌

朦胧的曲巷群鸦唤不醒,
东方天上只是一块黄来一块青。
这是谁催少妇上梳妆?——
"白兰花!白兰花!"
声声落入玻璃窗。

桐荫摊在八尺的高墙底,
　"知了"停了,一阵饭香飘到书房里。
忽把孩儿的午梦惊破了——
"薄荷糖!薄荷糖!"
小锣儿在墙角敲。

市声像沸水在铜壶里响,
半壁无丝是竹帘筛进的淡斜阳。
这是谁遮断先生的读书声?——
"老莲蓬!老莲蓬!"
满担清香挑进门。

黄昏要拥注全城去安歇,
纷飞的蝙蝠仿佛是风催落叶。

这时谁将神秘载满老人心?——
你听啦!你听啦!
算命瞎子拉胡琴。

纳 履 歌

桥下的菖蒲拜折了腰,
半日没有鹧鸪儿叫。
秋天的河流分外的细——
一线银丝在沙上洗。

少年的张良是无事忙,
狂奔不向前途望;
忽然听见了咳嗽一声,
想是只白鹭吃了一惊。

抬头瞧见一个老人样,
板桥底边晒太阳,
脱下了破鞋往板桥下摔,
喊一声:"小子拾起来!"

张良的心头上火星飞,
身边恨没有大铁锤,
祖龙在我手下逃生命,
老头儿你是什么人?

老头儿对着他微微笑,
笑得他心寒怒火消,

本来古礼尊尚白头发,
我张良应分服侍他。

河底拾起了老人的鞋,
老人讲:"替我穿起来!"
老人的尊严比皇帝大,
谁敢不听老人的话?

张良双膝跪落心脆落,
捧鞋送上老人底脚,
只觉老人伟大自身小,
仿佛是鲲鹏比鹪鹩。

"孺子可教!孺子你记着;
再过了五天来会我。"
瞥眼之间不见老人身,
老人不是寻常的人!

秋天的河流分外的细——
一线银丝在沙上洗。
桥下的菖蒲拜折了腰,
半日没有鸲鸡儿叫。

答　辩

挂彩的荣华我当不起，
没有圆光往我头上箍，
旌旗铙鼓不是我的份，
我道上不许用黄土铺，

不许矜骄镀我成金身，
我拒绝"成功"见我一面；
双手掀住挣扎的纷忙，
我对着黎明，也不要看。

锦袍的庄严交给别人，
流汗的快乐得让给我。
上帝许我纯钢的意志，
要我锤出些惨淡的歌。

可是旌旗铙鼓我不要，
我道上不用黄土来铺，
挂彩的荣华我当不起，
哪有圆光往我头上箍？

相遇已成过去

欢悦的双睛,激动的心;
相遇已成过去,到了分手的时候,
温婉的微笑将变成苦笑,
不如在爱刚抽芽时就掐死苗头。

命运是一把无规律的梭子,
趁悲伤还未成章,改变还未晚,
让我们永为素丝的经纬线;
永远皎洁,不受俗爱的污染。

分手吧,我们的相逢已成过去,
任心灵忍受多大的饥渴和懊悔。
你友情的微笑对我已属梦想的非分,
更不敢企求叫你深情的微喟。

将来有一天也许我们重逢,
你的风姿更丰盈,而我则依然憔悴。
我的毫无愧色的爽快陈说,
　"我们的缘很短,但也有过一回。"

我们一度相逢,来自西东,
我全身的血液,精神,如潮汹涌,
"但只那一度相逢,旋即分道。"
留下我的心永在长夜里怔忡。

奇 迹

我要的本不是火齐的红,或半夜里
桃花潭水的黑,也不是琵琶的幽怨,
蔷薇的香,我不曾真心爱过文豹的矜严,
我要的婉娈也不是任何白鸽所有的。
我要的本不是这些,而是这些的结晶,
比这一切更神奇得万倍的一个奇迹!
可是,这灵魂是真饿得慌,我又不能
让他缺着供养,那么,即便是秕糠,
你也得募化不是?天知道,我不是
甘心如此,我并非倔强,亦不是愚蠢,
我是等你不及,等不及奇迹的来临!
我不敢让灵魂缺着供养,谁不知道
一树蝉鸣,一壶浊酒,算得了什么?
纵提到烟峦,曙壑,或更璀璨的星空,
也只是平凡,最无所谓的平凡,犯得着
惊喜得没主意,喊着最动人的名儿,
恨不得黄金铸字,给装在一只歌里?
我也说但为一阕莺歌便噙不住眼泪,
那未免太支离,太玄了,简直不值当。
谁晓得,我可不能不那样:这心是真

饿得慌，我不能不节省点，把藜藿权当作膏粱。
可也不妨明说，只要你——
只要奇迹露一面，我马上就抛弃平凡，
我再不瞅着一张霜叶梦想春花的艳，
再不浪费这灵魂的膂力，剥开顽石，
来诛求白玉的温润；给我一个奇迹，
我也不再去鞭挞着"丑"，逼他要
那分儿背面的意义；实在我早厌恶了，
那勾当，这附会也委实是太费解了。
我只要一个明白的字，舍利子似的闪着
宝光；我要的是整个的，正面的美。
我并非倔强，亦不是愚蠢，我不会看见
团扇，悟不起扇后那天仙似的人面。
那么

  我便等着，不管等到多少轮回以后——
既然当初许下心愿，也不知道是在多少
轮回以前——我等，我不抱怨，只静候着
一个奇迹的来临。总不能没有那一天，
让雷来劈我，火山来烧，全地狱翻起来
扑我，……害怕吗？你放心，反正罡风
吹不熄灵魂的灯，愿这蜕壳化成灰烬，
不碍事，因为那，那便是我的一刹那
一刹那的永恒——一阵异香，最神秘的

肃静，(日，月，一切星球的旋动早被
喝住，时间也止步了)最浑圆的和平……
我听见阊阖的户枢訇然一响，紫霄上
传来一片衣裙的綷縩——那便是奇迹——
半启的金扉中，一个戴着圆光的你！

园　内

序　曲

你开始唱着园内之"昨日",
请唱得像玉杯跌得粉碎,
血色的酒浆溅污了满地;
然后模拟掌中的细沙,
从指缝之间溜出的声响。

你若唱到园内之"今日",
当唱得像似一溪活水,
在旭日光中淙淙流去;
或如村塾里总角的学童,
走珠似的背诵他的课本。

你若会唱园内之"明日",
你当想起我们紫白的校旗,
你便唱出风旗飘舞的节奏,
最末,避席起立,额手致敬,
你又须唱得像军乐交鸣。

一

寂寥封锁在园内了,
风扇不开的寂寥,
水流不破的寂寥。
麻雀呀!叫呀,叫呀!
放出你那箭镝似的音调,
射破这坚固的寂寥!
但是雀儿终于叫不出来,
寂寥还封锁在园内。

在这沉闷的寂寥里,
雨水泡着的朱扉,
才剩下些银红的霞晕,
雨水洗尽了昨日的光荣。
在这沉闷的寂寥里,
金黄釉的琉璃瓦,
是条死龙的残鳞败甲,
飘零在四方上下。

在这阴霾的寂寥里,
大理石、云母石、青琅玕、汉白玉,

龟坼的阶墀，矢折的栏柱，……
纵横地卧在蓬蒿丛里，
像是曝在沙场上的战骨。

在这悲酸的寂寥里，
长发的柳树还像宫妃，
瞰在胶凝的池边饮泣，饮泣……
半醒的蜗牛在败壁上
拖出了颠斜错杂的篆文，
仿佛一页写错了的历史。

在这恐怖的寂寥里，
尪瘠的月儿常挂起在松枝上，
像煞一个缢死的僵尸：
在这恐怖的寂寥里，
疯魔的月儿在松枝上缢死。

在这无聊的寂寥里，
坍碎了的王宫变成一座土地庙；
颤怯的农夫鬼物似的，
悄悄地溜进园来，
悄悄地烧了香，叩了头，
又悄悄的溜出园去……

寂寥又封锁在园内了。

寂寥封锁在园内了；
风扇不开的寂寥，
水流不破的寂寥……
一切都是沉闷阴霾，
一切都是悲酸恐怖，
一切都是百无聊赖。

二

好了！新生命胎动了！
寂寥的园内生了瑞芝，
紫的灵芝，白的灵芝，
妆点了神秘的芜园。
灵芝生了，新生命来了！

好了，活泼泼的少年，
摩肩接踵地挤进园来了。
饿着脑经(筋)，烧着心血，
紧张着肌肉的少年，
从长城东头，穿过山海关，
裹着件大氅，跑进园来了；

从长城西尾，穿过潼关，
坐在驴车里拉进园来了。

从三峡的湍流里救出的少年，
病恹恹地踱进园里来了，
漂过了南海，漂过了东海，
漂过了黄海，漂过了渤海的少年，
摇着团罗扇，闯进园里来了；
风流倜傥的少年，
碧衫儿荡着西湖的波色，
翩翩然飘进园里来了。
少年们来了，灵芝生满园内，
一切只是新鲜，一切只是明媚；
一切只是希望，一切只是努力，
灵芝不断地在园内苗放，
少年们不断地在园内努力。

三

于是曙色烘醒了东方，
好像浸渐明晰的思想。
晨鸡叫了，晨星没了，
太阳翻身起来了！

金光镀在紫铜盖的穹窿上，
金光燃在龙鳞似的琉璃瓦上，
金光描在高楼顶的旗杆上，
金光洒在颤巍巍的松枝上，
金光吻在少年的桃颊上。

少年在太阳的跸道之旁，
瞻望六龙挽着的云軿发轫，
仿佛诚惶诚恐的村童，
遥望着帝王的法驾西幸，
无限的敬仰，无限的欣羡。
充满了他那蒙稚的心灵。

早起的少年危立在假石山上，
红荷招展在他脚底，
旭日烂灿在他头上，
早起的少年对着新生的太阳
如同对着他的严师，
背诵庄周，屈子的鸿文，
背诵沙翁，弥氏的巨制。

万籁无声，宇宙在敛息倾听，
驯雀飞下平地来倾听，

金鱼浮上池面来倾听——
少年对着新的太阳,
背诵着他的生命的课本。

啊!"自强不息"的少年啊!
谁是你的严师!
若非这新生的太阳?

四

于是夕阳涨破了西方,
赤血喋染了宇宙——
不是赔偿罪恶的代价,
乃是生命膨胀之溢流。
赤血喋染了宇宙,
细草伸出舌尖舐着赤血,
绿杨散开乱发沐着赤血。

喷水池抛开螺钿镶的银链,
吼着要锁住窜游的夕阳;
夕阳跌倒在喷水池中,
池中是一盆鲜明的赤血。

红砖上更红的爬墙虎,
紫茎里迸出赤叶的爬墙虎,
仿佛是些血管胀破了,
迸出了满墙的红血斑。

赤血澎涨了夕阳的宇宙,
赤血澎涨了少年的血管。
少年们在广场上游戏,
球丸在太空里飞腾,
像是九天上跳踉的巨灵,
戏弄着熄了的太阳一样。

少年们踢着熄了的太阳,
少年们抛着熄了的太阳,
少年们顶着熄了的太阳,
少年们抱着熄了的太阳;
生命澎涨了少年的血管,
少年们在戏弄熄了的太阳。

夕阳里喧呼着的少年们,
赤铜铸的筋骨。
赤铜铸的精神,
在戏弄熄了的太阳。

五

于是月儿窥进了东园,
宇宙被清光浸满,
宇宙晶凉的海水一般。
宇宙变了清光之海——
银波进入了窗棂,
银波泛滥了庭院,
银波弥漫了大自然,
宇宙沉沦在海底在。

哪里有杨柳?哪里有松柏?
这水似的晶蓝的空气中,
只有些曼舞的海藻,
只有些鹄立的铁珊瑚,
拱抱着巍峨的大礼堂,
龙宫似的庄严灿烂。

龙宫底阊阖是黄金锤出的,
龙宫底楹柱是白玉雕成的。
哦,莫不是水国的仙人——
这清空灵幻的少年

飘摇在龙宫之东,龙宫之西,
那雍容闲雅的少年
躅踯在龙宫之南,龙宫之北?

少年浮游在海底在,
浮游在清光之海底在;
清光浸入少年的心里,
清光洗在少年底身外。
涤尽浊垢,饮入清光,
少年便是清光之海。

听啊,哪里来的歌声?
莫非就是泣珠的鲛人——
莫非是深深海底的鲛人,
坐在紫黑的巉石毳下,
一壁织着愁思之绡,
一壁唱着缠绵之歌?

啊!如此缠绵的歌声,
唱得海水的晶波战栗,
唱得海树的枝叶飕熄,
唱得少年不能仰首,
唱醒了少年底杳恨冥愁。

少年听了缠绵的歌声，
唤起了甜蜜的神圣的绝望，
或是热烘烘的玄秘的隐忧，
一种没由来，没目的，
一知半解的少年愁——
为了茫茫的大千宇宙？
为了滔滔的洪水猛兽？
为了闸不住的情绪之流？
还是抛不下锚的生命之舟？

六

于是月儿愈渐躲入了西园，
楼房的暗影愈渐伸张弥漫，
列着鹅鹳阵的暗影转战而前
终于占领了凄凉的庭院。

院中垂头丧气的花木，
是被黑暗拘囚的俘虏；
锁在檐下的紫丁香，
锁在墙脚的迎春柳，
含着露珠儿，含着泪珠儿，

莫不是牛衣对泣的楚囚？

画角哀哀地叫了！
悲壮的画角在黑暗里狂吠，
好像激昂的更犬吠着盗贼；
锐利的角声在空中咬着，
咬破了黑暗的魔术，
咬破了少年的美梦，
少年们揎开美梦，跳起榻床，
少年们已和黑暗宣战了。

哦！静夜的角声如何哭了？
将少年们的心脏哭融了，
五百个战士的心脏融成一个。

楼上点着蜡烛，
楼下点着蜡烛，
少年们正在会议，
少年们正在努力。
三旗营底铜磬报尽了五更，
报道黑暗的行程将尽，
少年们啊！再点上一支蜡烛，
便撑持过了这黑暗的末路！

曙光回了，新生命又来了！

一切又是新鲜，明媚，
一切又是希望，努力。
饿的脑经(筋)，烧着心血，
紧张着肌肉的少年们，
凭着希望造出了希望；
活泼泼的少年们，
又在园内不断地努力。

七

然后有一天园内的昨日，
隐入了蒙昧的历史，
园内的今日取代了昨日。
然后风云扰攘的天宇
终竟澈体澄清了，
雍穆的蔚蓝临照了一切。
无垠的蔚蓝的天宇
衬出了金碧辉煌的楼阁。

焕丽雄伟的楼阁，
像是皇宫帝阙一般！
蓬莱的晓钟鸣了，
文武的千官，戎狄的臣侄，
群集在崔嵬的紫宸殿下，

膜拜着文献之王。

肃静森严的楼阁，
又似佛寺梵宇一般！
上方的暮磬响了，
意志猛似龙象的僧侣们，
群在理智之佛像前，
焚着虔诚的香火。

哦，文献的宫殿啊！
哦，理智的寺观啊！
矗峙在蔚蓝的天宇中，
你是东方华胄的学府！
你是世界文化的盟坛！

八

飘啊！紫白参半的旗哟！
飘啊！化作云气飘摇着！
白云扶着的紫气哟，
氤氲在这"水木清华"的景物上，
好让这里万人的眼望着你，
好让这里万人的心向着你！

这里万人还在猛烈的工作,
像园内的苍松一般工作,
伸出他们的理智的根爪,
挖烂了大地的肌腠,
撕裂了大地的骨胳,
将大地的神髓吸地(取),
好向中天的红日泄吐。

这里万人还在静默地工作,
像园外的西山一般工作,
静默地滋育了草木,
静默地迸溢了温泉,
静默地驮负了浮图御苑;
春夏他沐着雨露的膏泽,
秋冬他戴着霜雪的伤痕,
但他总是在静默中工作。

这里努力工作的万人,
并不像西方式的机械,
大齿轮掐着小齿轮,
全无意识地转动,
全无目的地转动。

但只为他们的理想工作,
为他们四千年来的理想,
古圣先贤的遗训,努力工作。

雪(云)气氤氲的校旗呀!
你在百尺高楼上飘摇着,
近瞩京师,远望长城,
你临照着旧中华的脊骸,
你临照着新中华的心脏。
啊!展开那四千年文化的历史,
警醒万人,启示万人,
赐给他们灵感,赐给他们精神!

云气氤氲的校旗呀!
在东西文化交锋之时,
你又是万人的军旗!
万人肉袒负荆的时间过了,
万人卧薪尝胆的时期过了,
万人要为四千年的文化
与强权霸术决一雌雄!

云气氤氲的校旗呀!
你便是东来的紫气,

你飘出函谷关，向西迈往，

你将挟着我们圣人的灵魂，

弥漫了西土，弥漫了全球！

飘呀！紫白参半的旗呀！

飘呀！化作云气飘摇着！

白云扶着的紫气呀！

氤氲在这"水木清华"的景物上，

莫使这里万人忘了你的意义！

莫使这里万人忘了你的意义！

渔 阳 曲

白日的光芒照射着朱梦，
丹墀上默跪着双双的桐影。
宴饮的宾客坐满了西厢，
高堂上虎踞着他们的主人，
高堂上虎踞着威严的主人。
丁东，丁东，
沉默弥漫了堂中，
又一个鼓手，
在堂前奏弄，
这鼓声与众不同。
丁东，丁东，
听！你可听得懂？
听！你可听得懂？

银盏玉碟——尝不遍燕脯龙肝，
鸬鹚勺子泻着美酒如泉……
杯盘的交响闹成铿锵一片，
笑容堆皱在主人的满脸——
啊，笑容堆皱了主人的满脸。
丁东，丁东，

这鼓声与众不同——

它清如鹤唳，

它细似吟蛩；

这鼓声与众不同。

丁东，丁东，

听！你可听得懂？

听！你可听得懂？

你看这鼓手他不像是凡夫，

他儒冠儒服，定然腹有诗书；

他宜乎调度着更幽雅的音乐，

粗笨的鼓棰不是他的工具，

这双鼓棰不是这手中的工具！

丁东，丁东，

这鼓声与众不同——

像寒泉注涧，

像雨打梧桐；

这鼓声与众不同。

丁东，丁东，

听！你可听得懂？

听！你可听得懂？

你看他敲着灵鼍鼓，两眼朝天，

你看他在庭前绕一道长弧线，

然后徐徐地步上了阶梯，
一步一声鼓，越打越酣然——
啊，声声的叠鼓，越打越酣然。
丁东，丁东，
这鼓声与众不同——
陡然成急切，
忽又变成沉雄；
这鼓声与众不同。
丁东，丁东，
不同，与众不同，
不同，与众不同。

坎坎的鼓声震动了屋宇：
他走上了高堂，便张目四顾，
他看见满堂缩瑟的猪羊，
当中是一只磨牙的老虎。
他偏要撩一撩这只老虎。
丁东，丁东，
这鼓声与众不同：
这不是颂德，
也不是歌功；
这鼓声与众不同。
丁东，丁东，

不同，与众不同！
不同，与众不同！

他大步地跨向主人的席旁，
却被一个班吏匆忙地阻挡；
"无礼的奴才！"这班吏吼道，
"你怎么不穿上号衣，就往前瞎闯？
你没有穿号衣，就往这儿瞎闯？"
丁东，丁东，
这鼓声与众不同——
分明是咒诅，
显然是嘲弄；
这鼓声与众不同。
丁东，丁东，
听！你可听得懂？
听！你可听得懂？

他领过了号衣，靠近栏杆，
次第的脱了皂帽，解了青衫，
忽地满堂的目珠都不敢直视，
仿佛看见猛烈的光芒一般，
仿佛他身上射出金光一般。
丁东，丁东，

这鼓手与众不同；
他赤身露体，
他声色不动；
这鼓手与众不同。
丁东，丁东，
真个与众不同！
真个与众不同！

满堂是恐怖，满堂是惊讶，
满堂寂寞——日影在石栏杆下；
飞起了翩翩一只穿花蝶，
洒落了疏疏几点木犀花，
庭中洒下了几点木犀花。
丁东，丁东，
这鼓手与众不同——
莫不是酒醉？
莫不是癫疯？
这鼓手与众不同。
丁东，丁东，
定当与众不同！
定当与众不同！

苍黄的号褂，露出一支赤臂，
头颅上高架着一顶银盔，——

他如今换上了全副装束，

如今他才是一个知礼的奴才，

如今他才是一个知礼的奴才。

丁东，丁东，

这鼓声与众不同——

像狂涛打岸，

像霹雳腾空；

这鼓声与众不同。

丁东，丁东，

不同，与众不同！

不同，与众不同！

他在主人的席前左右徘徊，

鼓声愈渐激昂，越加慷慨；

主人停了玉杯，住了象箸，

主人的面色早已变作死灰，

啊，主人的面色为何变作死灰？

丁东，丁东，

这鼓声与众不同——

擂得你胆寒，

挝得你发耸；

这鼓声与众不同。

丁东，丁东，

不同，与众不同！
不同，与众不同！

猖狂的鼓声在庭中嘶吼，
主人的羞恼哽塞咽喉，
主人将唤起威风，呕出怒火，
谁知又一阵鼓声扑上心头，
把他的怒火扑灭在心头。
丁东，丁东，
这鼓声与众不同——
像鱼龙走峡，
像兵甲交锋；
这鼓声与众不同。
丁东，丁东，
不同，与众不同！
不同，与众不同！

堂下的鼓声忽地笑个不止，
堂上的主人只是坐着发痴；
洋洋的笑声洒落在四筵，
鼓声笑破了奸雄的胆子——
鼓声又笑破了主人的胆子。
丁东。丁东，

这鼓手与众不同——

席上的主人，

一动也不动；

这鼓手与众不同。

丁东，丁东，

定当与众不同！

定当与众不同！

白日的残辉绕过了雕楹，

丹墀上没有了双双的桐影。

无聊的宾客坐满了两厢，

高堂上呆坐着他们的主人，

高堂上坐着丧气的主人。

丁东，丁东，

这鼓手与众不同——

惩斥了国贼，

庭辱了枭雄；

这鼓手与众不同。

丁东，丁东，

真个与众不同！

真个与众不同！

七子之歌

邶有七子之母不安其室，七子自怨自艾，冀以回其母心，诗人作《凯风》以愍之。吾国自尼布楚条约迄旅大之租让，先后丧失之土地，失养于祖国，受虐于异类，臆其悲哀之情，益有甚于《凯风》之七子。因择其与中华关系最亲切者七地，为作歌各一章，以抒其孤苦亡告眷怀祖国之哀忱，亦以励国人之奋兴云尔。国疆崩丧，积日既久，国人视之漠然。不见夫法兰西之Alsace—Lorranine耶？"精诚所至，金石为开"。诚能如斯，中华"七子"之归来，其在旦夕乎？

澳　门

你可知"妈港"不是我的真名姓？……
我离开你的襁褓太久了，母亲！
但是他们掳去的是我的肉体，
你依然保管着我内心的灵魂。
三百年来梦寐不忘的生母啊！
请叫儿的乳名，叫我一声"澳门"！
母亲，我要回来，母亲！

香　港

我好比凤阁阶前守夜的黄豹，

母亲啊！我身分虽微，地位险要。
如今狞恶的海狮扑在我身上，
啖着我的骨肉啃着我的脂膏。
母亲啊！我哭泣号啕，呼你不应。
母亲啊！忙让我躲入你的怀抱！
母亲，我要回来，母亲！

台　湾

我们是东海捧出的珍珠一串，
琉球是我的群弟，我便是台湾。
我胸中还氤氲着郑氏的英魂，
精忠的赤血点染了我的家传。
母亲，酷炎的夏日要晒死我了；
赐我个号令，我还能背城一战。
母亲，我要回来，母亲！

威海卫

再让我看守着中华最古的海，
这边岸上原有圣人的丘陵在。
母亲，莫忘了我是防海的健将，

我有一座刘公岛作我的盾牌。
快救我回来呀，时期已经到了。
我背后葬的尽是圣人的遗骸。
母亲，我要回来，母亲！

广州湾

东海和硇州是我的一双管钥，
我是神州后门上的一把铁锁。
你为什么把我借给一个盗贼？
母亲，你千万不该抛弃了我！
母亲呀！让我忙回到你膝前来，
我要紧紧的拥抱着你的脚髁。
母亲，我要回来，母亲！

九　龙

我的胞兄香港在诉他的苦痛，
母亲呀，可记得你的幼女九龙？
自从我下嫁给那镇海的魔王，
我何曾有一天不在泪涛汹涌！
母亲，我天天数着归宁的吉日，
我只怕希望要变作一场空梦！

母亲，我要回来，母亲！

旅顺，大连

我们是旅顺，大连，孪生的兄弟。
我们的命运——强邻脚下的烂泥，
母亲呀，我们的昨日不堪回首，
我们的今日更值得痛哭流涕。
母亲，归期到了，快领我们回来。
你不知道儿们如何的想念你！
母亲！我们要回来，母亲！

长城下的哀歌

啊！五千年文化底纪念碑哟！
伟大的民族的伟大的标帜！……
哦，哪里是赛可罗坡的石城？
哪里是贝比楼？哪里是伽勒寺？
这都是被时间蠹蚀了的名词；
长城！肃杀的时间还伤不了你。

长城啊！你又是旧中华底墓碑，
我是这墓中的一个孤鬼——
我坐在墓上痛哭，哭到地裂天开，
可才能找见旧中华底灵魂，
并同我自己的灵魂之所在？……
长城啊！你原是旧中华的墓碑！

长城啊！老而不死的长城啊！
你还守着那九曲的黄河吗？
你可听见他那消沉的脉搏？
你的同僚怕不就是那金字塔？
金字塔，他虽守不住他的山河，
长城啊！你可守得住你的文化！

你是一条长万里的苍龙。
你送帝轩辕升天去回来了,
偃卧在这里,头枕沧海,尾榻昆仑,
你偃卧在这里看护他的子孙。
长城啊!你可尽了你的责任?
怎么黄帝的子孙终于"披发左衽"!

你又是一座曲折的绣屏:
我们在屏后的华堂上宴饮——
日月是我们的两柱纱灯,
海水天风和着我们高咏,
直到时间也为我们驻辔流连,
我们便挽住了时间放怀酣寝。

长城啊!你为我们的睡眠担当保障;
待我们睡锈了我们的筋骨,
待我们睡忘了我们的理想,
盗贼们忽都爬过我们的围屏,
我们哪能御抗?我们只得投降,
我们只得归附了狐群狗党。

长城啊!你何曾隔阂了匈奴、吐蕃?

你又何曾障阻了辽、金、金、满？……
古来只有塞下的雪没马蹄。
古来只有塞上的烽烟云卷，
古来还有胡骢载着一个佳人，
抱着琵琶饮泣，驰出了玉关！……

唉！何须追忆得昨日的辛酸！
昨日的辛酸怎比今朝的劫数？
昨日的敌人是可汗，是单于，
都幸而闯入了我们的门庭，
洗尽腥膻，攀上了文明的坛府，——
昨日的敌人还是我们的同族。

但今日的敌人，今日的敌人，
是天灾？是人祸？是魔术？是妖氛？
哦，铜筋铁骨，嚼火漱雾的怪物，
运输着罪孽，散播着战争，……
哦，怕不要扑灭了我们的日月，
怕不要捣毁了我们的乾坤！

啊！从今哪有珠帘半卷的高楼，
镇日里睡鸭焚香，龙头泻酒，
自然歌稳了太平，舞清了宇宙？

从今哪有石坛丹灶的道院,
一树的碧阴,满庭的红日,——
童子煎茶,烧着了枯藤一束?

哪有窗外的一树寒梅,万竿斜竹,
窗里的幽人抚着焦桐独奏?
再哪有荷锄的农夫踏着夕阳,
歌声响在山前,人影没入山后?
又哪有柳荫下系着的渔舟。
和细雨斜风催不回去的渔叟?

哦,从今只有暗无天日的绝壑,
装满了幺小微茫的生命,
像黑蚁一般的,东西驰骋,——
从今只有半死的囚奴,鹄面鸠形,
抱着金子从矿坑里爬上来,
给吃人的大王们献寿谢恩。

从今只有数不清的烟突,
仿佛昂头的毒蟒在天边等候,
又像是无数惊恐的恶魔,
伸起了巨手千只,向天求救;
从今瞥着万只眼睛的街市上,

骷髅拜骷髅，骷髅赶着骷髅走。

啊！你们夸道未来的中华，
就夸道万里的秦岭蜀山，
剖开腹脏，泻着黄金，泻着宝钻；
夸道我们铁路络绎的版图，
就像是网脉式的椿叶一片，
停泊在太平洋的白浪之间。

又夸道麇载归来的战舰商轮，
载着金的，银的，形形色色的货币，
镌着英皇乔治，美总统林肯，
各国元首的肖像，各国的国名；
夸道西欧底海狮，北美底苍隼，
俯首锻翮，都在上国之前请命。

你们夸道东方的日耳曼，
你们夸道又一个黄种的英伦，——
哈哈！夸道四千年文明神圣，
俯首帖耳的堕入狗党狐群！
啊！新的中华吗？假的中华哟！
同胞啊！你们才是自欺欺人！

哦，鸿荒的远祖——神农，黄帝！
哦，先秦的圣哲——老聃，宣尼！
吟着美人香草的爱国诗人！
饿死西山和悲歌易水的壮士！
哦，二十四史里一切的英灵！
起来呀，起来呀，请都兴起，——

请鉴察我的悲哀，做我的质证，
请来看看这明日的中华——
庶祖列宗啊！我要请问你们：
这纷纷的四万万走肉行尸，
你们还相信是你们的血裔？
你们还相信是你们的子孙？

神灵的祖宗啊！事到如今，
我当怨你们筑起这各种城寨，
把城内文化的种子关起了，
不许他们自由飘播到城外，
早些将礼义的花儿开遍四邻。
如今反教野蛮的荆棘侵进城来。

我又不懂这造物之主的用心，
为何那里摊着荒绝的戈壁，

这里架起一道横天的葱岭,
那里又停着浩荡的海洋。
中间藏着一座蓬莱仙境,
四周围又堆伏着魍魍猩猩?

最善哭的太平洋!只你那容积,
才容得下我这些澎湃的悲思。
最宏伟,最沉雄的哀哭者哟!
请和着我放声号咷地哭泣!
哭着那不可思议的命运!
哭着那亘古不灭的天理——

哭着宇宙之间必老的青春,
哭着有史以来必散的盛筵,
哭着我们中华的庄严灿烂,
也将永远永远地烟消云散。
哭啊!最宏伟,最沉雄的太平洋!
我们的哀痛几时才能哭完?

啊!在麦垅中悲歌的帝子!
春水流愁,眼泪洗面的降君!
历代最伤心的孤臣节士!
古来最善哭的胜国遗民!

不用悲伤了，不用悲伤了，
你们的丧失究竟轻微得很。

你们的悲哀算得了些什么？
我的悲哀是你们的悲哀之总和。
啊！不料中华最末次的灭亡，
黄帝子孙最彻底的堕落，
毕竟要实现于此日今时，
毕竟在我自己的眼前经过。

哦，好肃杀，好尖峭的冰风啊！
走到末路的太阳，你竟这般沮丧！
我们中华的名字镌在你身上；
太阳，你将被这冰风吹得冰化，
中华的名字也将冰得同你一样？
看啊！猖獗的冰风！狼狈的太阳！

哦，你一只大雕，你从哪里来的？
你在这铅铁的天空里盘飞，
这八达岭也要被你占了去，
筑起你的窠巢，蕃殖你的族类？
圣德的凤凰啊！你如何不来，
竟让这神州成了恶鸟的世界？

雹雪重载的冻云来自天涯，
推撞着，摩擦着，在九霄争路，
好像一群激战的天狼互相鏖杀。
哦，冻云涨了，滚落在居庸关下，
苍白的冻云之海弥漫了四野，——
哎呀！神州啊！你竟陆沉了吗？

长城啊！让我把你也来撞倒，
你我都是赘疣，有些什么难舍？
哦，悲壮的角声，送葬的角声，——
画角啊！不要哀伤，也不要诅骂！
我来自虚无，还向虚无归去，
这堕落的假中华不是我的家！

笑

朝日里的秋忍不住笑了——

笑出金子来了——

黄金笑在槐树上，

赤金笑在橡树上，

白金笑在白皮树上。

硕健的杨树，

裹着件拼金的绿衫，

一只手叉着腰，

守在池边微笑；

矮小的丁香

躲在墙脚下微笑。

白杨笑完了，

只孤零零地

竖在石青色的天空里发呆。

成年了的桑栗叶，

向西风抱怨了一夜，终于得了自由，

红着脸儿，
笑嘻嘻地脱离了故枝。

大　暑

今天是大暑节，我要回家了！
今天的日历他劝我回家了。
他说家乡的大暑节
是班鸠唤雨的时候
大暑到了，湖上飘满紫鸡头。
大暑正是我回家的时候。

我要回家了，今天是大暑；
我园里的丝瓜爬上了树，
几多银丝的小葫芦，
吊在藤须上巍巍颤，
初结实的黄瓜儿小得像橄榄，……
呵！今年不回家，更待哪一年？

今天是大暑，我要回家了！
燕儿坐在桁梁上讲话了；
斜头赤脚的村家女，
门前叫道卖莲篷：
青蛙闹在画堂西，闹在画堂东，……
今天不回家辜负了稻香风。

今天是大暑，我要回家去！
家乡的黄昏里尽是盐老鼠，
月下乘凉听打稻，
卧看星斗坐吹箫；
鹭鸶偷着踏上海船来睡觉，
我也要回家了，我要回家了！

闺 中 曲

墙头还洒着淅沥的余滴,
夕阳浸在泥注中的积潦里,
寂寞的空阶呆立着一个伊——
　"人儿!人儿!"伊叹道,
　"我几时,几时才能看见你?"

横斜的雁字没入了天河;
寒雁底呼声从伊心中穿过;
于是悲哀沉淀在伊的心窝,
　"天啊!天啊!"伊叫道,
　"你为什么,为什么生了我!"

望哑的自鸣钟负墙而立。
时间是无涯的厌倦和烦累。
伊站在生死的门限上犹夷,
　"悲哀!悲哀!"伊想道,
　"我将永远,永远结束了你!"
摇篮里忽然呱呱的啼哭,
仿佛是黑夜里声声的更鼓,
把伊从一场恶梦之中救出。

"儿啊，儿啊！"伊哭道，
"教我如何，如何死得下去！"

我是中国人

我是中国人,我是支那人,
我是黄帝底神明血胤,
我是地球上最高处来的,
帕米尔便是我的原籍。

我的种族是一条大河,
我们流下了昆仑山坡,
我们流过了亚洲大陆,
我们流出了优美的风俗。

伟大的民族!伟大的民族!
五岳一般的庄严正肃,
广漠的太平洋的度量,
春云的柔和,秋风的豪放!

我们的历史可以歌唱,
他是尧时老人敲着木壤,
敲出来的太平的音乐,——
我们的历史是一节民歌。

我们的历史是一只金罍,
盛着帝王祀天的芳醴,——
我们敬天我们顺天,
我们是乐天安命的神仙。

我们的历史是一掬清泪,
孔子哀悼死麒麟的泪;
我们的历史是一阵狂笑,
庄周、淳于髡、东方朔的笑。

我是中国人,我是支那人,
我的心里有尧舜的心,
我的血是荆轲、聂政的血,
我是神农、黄帝的遗孽。

我的智慧来得真离奇,
他是河马献来的馈礼;
我这歌声中的节奏,
原是九苞凤凰的传授。

我心头充满戈壁的沉默,
脸上有黄河波涛的颜色,
泰山的石霤滴成我的忍耐,

峥嵘的剑阁撑出我的胸怀。

我没有睡着！我没有睡着！
我心中的灵火还在燃烧；
我的火焰他越烧越燃，
我为我的祖国烧得发颤。

我的记忆还是一根麻绳，
绳上束满了无数的结梗；
一个结子是一桩史事——
我便是五千年的历史

我是过去五千年的历史，
我是将来五千年的历史。
我要修葺这历史的舞台，
预备排演历史的将来。

我们将来的历史是一首歌，
还歌着海晏河清的音乐；
我们将来的历史是一杯酒，
又在金罍里给皇天献寿。

我们将来的历史是一滴泪，

我的泪洗尽人类的悲哀；
我们将来的历史是一声笑，
我的笑驱尽宇宙的烦恼。

我们是一条河，一条天河，
一派浑浑噩噩的光波——
我们是四万万不灭的明星，
我们的位置永远注定。

伟大的民族！伟大的民族！
我们是东方文化的鼻祖，
我的生命是世界的生命，
我是中国人，我是支那人！

故　乡

先生，先生，你到底要上哪里去？
你这样的匆忙，你可有什么事？

我要看还有没有我的家乡在；
我要走了，我要回到望天湖边去。
我要访问如今那里还有没有
白波翻在湖中心，绿波翻在秧田里，
有没有麻雀在水竹枝头耍武艺？

先生，先生，世界是这样的新奇，
你不在这里遨游，偏要那里去？

我要探访我的家乡，我有我的心事；
我要看孵卵的秧鸡可在秧林里，
泥上可还有鸽子的脚儿印"个"字，
神山上的白云一分钟里变几次，
可还有燕儿飞到人家堂上来报喜。

先生，先生，我劝你不要回家去；
世间只有远游的生活是自由的。

游子的心是风霜剥蚀的残碑，

碑上已经漶漫了家乡的字迹，
哦，我要回家去，我要赶紧回家去，
我要听门外的水车终日作鼋鸣，
再将家乡的音乐收入心房里。

先生，先生，你为什么要回家去？
世上有的是荣华，有的是智慧。

你不知道故乡有一个可爱的湖，
常年总有半边青天浸在湖水里，
湖岸上有兔儿在黄昏里觅粮食，
还有见了兔儿不要追的狗子，
我要看如今还有没有这种事。

先生，先生，我越加不能懂你了，
你到底，到底为什么要回家去？

我要看家乡的菱角还长几根刺，
我要看那里一根藕里还有几根丝，
我要看家乡还认识不认识我，
我要看坟山上添了几块新碑石，
我家后园里可还有开花的竹子。

愈战愈强

回忆抗战初期，大家似乎不大讲到"胜利"，那时的心理与其说是胜败置之度外，还不如说是一心想着虽败犹荣。敌人是以"必定胜"的把握向我们侵略，我们是以"不怕败"的决心给他们抵抗。你无非是要我败，我偏偏不怕败，我不怕败，你便没有胜。那时人民的口号是"豁出去了！""跟你拼了！"政府的策略是"破釜沉舟"，是"置之死地而后生"，人民和政府都不怕败，自然大家也不讳败，结果是我们愈败愈奋勇，而敌人真把我们没办法。

武汉撤退以后，渐渐听到"争取胜利"的呼声，然而也就透露了怕败的顾虑了。

开罗会议以后，胜利俨然到了手似的，而一般现象，则正好表示着一些人的工作，是在"争取失败"。事实昭彰，凡是有眼睛的都看到了，有良心的都指出了，这里无需我再说，我也不忍再说，于是愈是趋向失败，愈是讳言失败，自己讳言失败，同时也禁止旁人言失败。是否表面上"失败"绝迹了，暗地里便愈好制造失败呢？抗战到了这地步，大概也是一种"置之死地而后生"的办法罢？好了，那我以老百姓的资格，也就"豁出去了！""跟你拼了！"

所以我今天想要算帐！

算帐是一件麻烦事，但不要紧，大的做大的算，小的做小的算，反正从今以后，我不打算有清闲日子了！

比如眼前在我们昆明，就有一笔不大不小的帐值得算一算。

昨天早起出门找报看，第一家报纸给了我一个喜讯，它老老实实地告诉我，衡阳的仗咱们打好了一点，我当然很高兴。但是看到第二家报纸，却把我气昏了，就因为那标题中"我军愈战愈强"六个大字。

编辑先生！我是有名有姓的，我虽不知道你姓名，但你也必然有名有姓，你若是好汉，就请出来跟我算清这笔帐！你所谓"愈战愈强"者，如果就是今天另一家报纸标题所谓"愈战愈奋"的意思，那我就原谅你，我可怜你中国人不大会处理中国文字。如果你那"强"字是甚么"四强之一"那类"强"的意思，那我就要控告你两大罪状：一，你侮辱了我们老百姓的人格。二，你出卖了你的祖国。

难道你就忘记了，卢沟桥的烽火一起，我们挺身应战，是为了我们有十二万分胜算的把握吗？老实告诉你，除了存心利用抗战来趁火打劫的败类之外，我们老百姓果真是怕败的话，就早已都投汪精卫去了。我相信在自由中国，每一个良善的中国人，当初既是抱了拼命的决心，胜也要打，败也要打，今天还是抱定这决心，胜也要打，败也要打，何况国际的客观环境已经好转，谁又是那样的傻子，情愿让它"功亏一篑"呢？所以你如果多多给我们报导些自身的缺点，那只会增加我们的戒惧心，刺激我们的努力。你以为我们真是那样"闻败则馁"的草包吗？你若那样想，便把我们看同汪精卫之流了，你晓得那是侮辱别人的人格吗？

闻败则馁的必也闻胜则骄，你既把我们当作闻败则馁的人，那你泄露了（杜撰罢？）许多乐观的消息，难道又不怕我们骄起来吗？明知骄是抗战的鸩毒，而偏要用"愈战愈强"来灌溉我们的骄，那你又是何居心？依据你自己的逻辑，你这就是汉奸行为，因此你是出卖了你的祖国，你又晓得吗？

　　我们倒不怕承认自身的"弱"，愈知道自身弱在那里，愈好在各人自己的岗位上来尽力加强它。你说我们"愈强"，我倒要请你拿出事实来，好教我们更放心点。谁不愿意自己强呢！但信口开河是不负责任，存心欺骗更是无耻。六个字的标题，看来事小，它的意义却很重大。

　　用这字面的，本不只你一人，但是，先生，恕我这回抓住你了！你气得我一顿饭没吃好啊！然而如果在原则上你是受了谁的指示，那个指示你的人不也该是有名有姓的吗？如果他高兴，就请他出来说明电好。抗战是大家的抗战，国家是大家的国家，谁有权利来禁止我发问！

画 展

　　我没有统计过我们这号称抗战大后方的神经中枢之一的昆明,平均一个月有几次画展,反正最近一个星期里就有两次。重庆更不用说,恐怕每日都在画展中,据前不久从那里来的一个官说,那边画展热烈的情形,真令人咋舌(不用讲,无论那处,只要是画展,必是国画)。这现象其实由来已久,在我们的记忆中,抗战与风雅似乎始终是不可分离的,而抗战愈久,雅兴愈高,更是鲜明的事实。

　　一个深夜,在大西门外的道上,和一位盟国军官狭路相逢,于是攀谈起来了。他问我这战争几时能完,我说,"这还得问你。"

　　"好罢!"他爽快的答道,"战争几时开始,便几时完结。"事后我才明白他的意思是说,只要他们真正开始反攻,日本是不值一击的。一个美国人,他当然有资格夸下这海口。但是我,一个中国人,尤其当着一个美国人面前,谈起战争,怎么能不心虚呢?我当时误会了他的意思,但我是爱说实话的。反正人家不是傻子,咱们的底细,人家心里早已是雪亮的,与其欲盖弥彰,倒不如自己先认了,所以我的答话是"战争几时开始?你们不是早已开始了吗?没开始的只是我们。"

　　对了,你敢说我们是在打仗吗?就眼前的事例说,一面是被吸完血的xx编成"行尸"的行列,前仆后继的倒毙在街心,一面是"琳琅满目","盛况空前"的画展,你能说这不是一面在"奸污"战争,一面在逃避战争吗?如果是真实而纯洁的战争,就不怕被正视,不,我们还要用钟爱的心情端详它,抚摩它,用骄傲的嗓音讴歌它。惟其战争是因被"奸污"而变成一个腐烂的，臭恶的现实，所以你就不能不闭上眼睛，掩着鼻子，赶紧逃过，逃的愈远愈好，逃到"云烟满纸"的林泉丘壑里，逃到"气韵生动"的仕女前……反之，逃得愈远，心境愈有安顿，也愈可以放心大胆让双手去制造血腥的事实。既然"立地成佛"有了保证，屠刀便不妨随时拿起，随时放下，随时放下，随时拿起。原来某一类说不得的事实和画展是互为因果的，血腥与风雅是一而二，二而一罢了。诚然，就个人说，成佛的不一定亲手使过屠刀，可是至少他们也是帮凶与窝户。如果是借刀杀人，让旁人担负使屠刀的劳力和罪名，自己干没了成佛的实惠，其居心便更不可问了。你自命读书明理的风雅阶级，说得轻点，是被利用，重点是你利用别人，反正你是逃不了责任的！

艺术无论在抗战或建国的立场下，都是我们应该提倡的，这点道理并不只你风雅人士们才懂得。但艺术也要看哪一种，正如思想和文学一样，它也有封建的与现代的，或复古的与前进的(其实也就是那人道与非人道)之别。你若有良心，有魄力，并且不缺乏那技术，请站出来，学学人家的画家，也去当个随军记者，收拾点电网边和战壕里的"烟云"回来，或就在任何后方，把那"行尸"的行列速写下来，给我们认识认识点现实也好，起码你也该在随便一个题材里多给我们一点现代的感觉，八大山人四王吴恽费晓楼改七芗乃至吴昌硕齐白石那一套。纵然有他们的历史价值，在珂罗版片中也够逼真的了，用得着你们那笨拙的复制吗？在这复古气焰高张的年代，自然正是你们扬眉吐气的时机，但是小心不要做了破坏民族战斗意志的奸细，和危害国家现代化的帮凶！记着我的话，最后裁判的日子必然来到，那时你们的风雅就是你们的罪状！

"一二·一"运动始末记

　　自从民国三十三年双十节，昆明各界举行纪念大会，发表国是宣言，提出积极的政治主张。这里的学生，配合着文化界，妇女界，职业界的青年，便开始团结起来，展开热烈的民主运动，不断地喊出全国人民最迫切的要求，各大中学师生关于民主政治无数次的讲演，讨论和各种文艺活动的集会，各界人士许多次对国是的宣言，以及三十三年护国，三十四年"五四"纪念的两次大游行；这些活动，和其他后方各大城市的沉默恰形成一个鲜明的对照。但在这沉默中，谁知道他们对昆明，尤其昆明的学生，怀抱着多少欣羡，寄托着多少期望！

　　三十四年八月，日本还没投降，全国欢欣鼓舞，以为八年来重重的苦难，从此结束。但是，不出两月，在十月三日，云南省政府突然的改组，驻军发生冲突，使无辜的市民饱受惊扰，而且遭遇到并不比一次敌机的空袭更少的死亡。昆明市民的喘息未定，接着全国各地便展开了大规模的内战，人人怀着一颗沉重的心，瞪视着这民族自杀的现象。昆明，被人家欣羡和期望的昆明，怎么办呢？是的，暴风雨是要来的，昆明再不能等了，于是十一月廿五日晚，国立西南联合大学，国立云南大学，私立中法大学，和云南省立英语专科学校等四校学生自治会，在西南联大新校舍草坪上，召开了反对内战，呼吁和平的座谈会，到会者五千余人。似乎反动者也不肯迟疑，在教授们的讲演声中，全场四周企图威胁到会群众和扰乱会场秩序的机关枪，冲锋枪，小钢炮一齐响了，散会之后，交通又被断绝，数千人在深夜的寒风中踯躅着，抖擞着。昆明愤怒了。

翌日，全市各校学生，在市民普遍的同情与支持之下，相率罢课，表示抗议。并要求查办包围学校开枪的军队。当局对学生们这些要求的答复是什么呢？除种种造谣和企图破坏学校团结的所谓"反罢课委员会"的卑劣阴谋外，便是十一月三十日特务们的棍子，石头，手枪，刺刀，对全市学生罢课联合委员会宣传队的沿街追打。然而这只是他们进攻的序幕。十二月一日，从上午九时到下午四时，大批特务和身着制服，佩带符号的军人，携带武器，分批闯入云南大学，中法大学，联大工学院，师范学院，联大附中等五处，捣毁校具，劫掠财物，殴打师生。同时在联大新校舍门前，暴徒们于攻打校门之际，投掷手榴弹一枚，结果南菁中学教员于再先生中弹重伤，当晚十时二十分在云大医院逝世。同时在联大师范学院，正当铁棍，石头飞舞之中，大批学生已经负伤倒地，又飞来三颗手榴弹，中弹重伤联大学生李鲁连君，仅只奄奄一息了，又在送往医院的途中，被暴徒拦住，惨遭毒打，遂至登时气绝。奋勇救护受伤同学的联大学生潘琰小姐已经胸部被手榴弹炸伤，手指被弹片削掉，倒地后，胸部又被猛戳三刀，便于当日下午五时半在云大医院的病榻上，喊着"同学们团结呀！"与世长辞了。昆华工校学生张华昌君，闻变赶来救援联大同学，头部被弹片炸破，左耳满盛着血浆，血红的鲜血上浮着白色的脑浆，这个仅止十七岁的生命，绵延到当日下午五时在甘美医院也结束了。此外联大学生缪祥烈君，左腿骨炸断，后来医治无效，只好割去，变成残废。总计各校学生重伤者十一人，轻伤者十四人，联大教授也有多人痛遭殴辱。各处暴徒从肇事逞凶时起，到"任务"完成后，高呼口号，扬长过市时止，始终未受到任何军警的干涉。

这就是昆明学生的民主运动，和它的最高潮"一二·一"惨案的概略。

"一二·一"是中华民国建国以来最黑暗的一天，也就在这一天，死难四烈士的血给中华民族打开了一条生路。从这一天起，在整整一个月中，作为四烈士灵堂的联大图书馆，几乎每日都挤满了成千成万，扶老携幼的致敬的市民，有的甚至从近郊几十里外赶来朝拜烈士的遗骸。从这天起，全国各地，乃至海外，通过物质的或精神的种种不同的形式，不断地寄来了人间最深厚的同情和最崇高的敬礼。在这些日子里，昆明成了全国民主运动的心脏，从这里吸收着也输送着愤怒的热血的狂潮。从此全国的反内战，争民主的运动，更加热烈的展开，终于在南北各地一连串的血案当中，促成了停止内战，协商团结的新局面。

愿四烈士的血是给新中国历史写下了最新的一页，愿它已经给民主的中国奠定了永久的基石！如果愿望不能立即实现的话，那么，就让未死的战士们踏着四烈士的血迹，再继续前进，并且不惜汇成更巨大的血流，直至在它面前，每一个糊涂的人都清醒起来，每一个怯懦的人都勇敢起来，每一个疲乏的人都振作起来，而每一个反动者战栗的倒下去！

四烈士的血不会是白流的。

最后一次的讲演

——在云大至公堂李公朴夫人报告李先生死难经过大会上的讲演

这几天,大家晓得,在昆明出现了历史上最卑劣,最无耻的事情!李先生究竟犯了什么罪,竟遭此毒手?他只不过用笔写写文章,用嘴说说话,而他所写的,所说的,都无非是一个没有失掉良心的中国人的话!大家都有一枝笔,有一张嘴,有什么理由拿出来讲啊!有事实拿出来说啊!(闻先生声音激动了)为什么要打要杀,而且又不敢光明正大的来打来杀,而偷偷摸摸的来暗杀!(鼓掌)这成什么话?(鼓掌)

今天,这里有没有特务?你站出来!是好汉的站出来!你出来讲!凭什么要杀死李先生?(厉声,热烈的鼓掌)杀死了人,又不敢承认,还要诬蔑人,说什么"桃色事件",说什么共产党杀共产党,无耻啊!无耻啊!(热烈的鼓掌)这是某集团的无耻,恰是李先生的光荣!李先生在昆明被暗杀,是李先生留给昆明的光荣!也是昆明人的光荣!(鼓掌)

去年"一二·一"昆明青年学生为了反对内战,遭受屠杀,那算是青年的一代献出了他们最宝贵的生命!现在李先生为了争取民主和平,而遭受了反动派的暗杀,我们骄傲一点说,这算是像我这样大年纪的一代,我们的老战友,献出了最宝贵的生命。这两桩事发生在昆明,这算是昆明无限的光荣!(热烈的鼓掌)

反动派暗杀李先生的消息传出后,大家听了都悲愤痛恨。我心里想,这些无耻的东西，不知他们是怎么想法？他们的心理是什么状态？他们的心怎样长的？（捶击桌子）其实很简单，（低沉渐高）他们这样疯狂的来制造恐怖，正是他们自己在慌啊！在害怕啊！所以他们制造恐怖，其实是他们自己在恐怖啊！特务们，你们想想，你们还有几天，你们完了，快完了！你们以为打伤几个，杀死几个，就可以了事，就可以把人民吓倒了吗？其实广大的人民是打不尽的，杀不完的，要是这样可以的话，世界上早没有人了。你们杀死一个李公朴，会有千百万个李公朴站起来！你们将失去千百万的人民！你们看着我们人少，没有力量。告诉你们，我们的力量大得很！多得很！看今天来的这些人，都是我们的人，都是我们的力量！此外还有广大的市民！我们有这个信心：人民的力量是要胜利的，真理是永远存在的。历史上没有一个反人民的势力不被人民毁灭的！希特勒，墨索里尼不都在人民之前倒下去了吗？翻开历史看看，你还站得住几天！你完了，快完了！我们的光明就要出现了。我们看，光明就在我们眼前，而现在正是黎明之前那个最黑暗的时候。我们有力量打破这个黑暗，争到光明！我们的光明，就是反动派的末日！（热烈的鼓掌）

反动派故意挑拨美苏的矛盾，想利用这矛盾来打内战。任你们怎么样挑拨，怎么样离间，美苏不一定打呀！现在四外长会议已经圆满闭幕了。这不是说美苏间已没有矛盾，但是可以让步，可以妥协，事情是曲折的，不是直线的。

李先生的血，不会白流的！李先生赔上了这条性命，我们要换来一个代价。"一二——"四烈士倒下了，年青的战士们的血，换来了政治协商会议的召开，现在李先生倒下了，他的血要换取政协会议的重开！（热烈的鼓掌）我们有这个信心！（鼓掌）

"一二·一"是昆明的光荣，是云南人民的光荣，云南有光荣的历史，远的如护国，这不用说了。近的如"一二·一"，都是属于云南人民的，我们要发扬云南光荣的历史！（听众表示接受）

反动派挑拨离间，卑鄙无耻，你们看见联大走了，学生放暑假了，便以为我们没有力量了吗？特务们！你们错了！你们看见今天到会的一千多青年，又握起手来了，我们昆明的青年决不会让你们这样蛮横下去的！

反动派，你看见一个倒下去，可也看得见千百个继起的！

正义是杀不完的，因为真理永远存在！（鼓掌）

历史赋予昆明的任务是争取民主和平，我们昆明的青年必须完成这任务！

我们不怕死，我们有牺牲的精神，我们随时像李先生一样，前脚跨出大门，后脚就不准备再跨进大门！（长时间热烈的鼓掌）

家族主义与民族主义

周初是我们历史的成年期,我们的文化也就在那时定型了。当时的社会组织是封建的,而封建的基础是家族,因此我们三千年来的文化,便以家族主义为中心,一切制度,祖先崇拜的信仰,和以孝为核心的道德观念等等,都是从这里产生的。与家族主义立于相反地位的一种文化势力,便是民族主义。这是我们历史上比较晚起的东西。在家族主义的支配势力之下,它的发展起初很迟钝,而且是继继续续的,直至最近五十年,因国际形势的刺激,才有显著的持续的进步。然而时代变得太快,目前这点民族意识的醒觉,显然是不够的。我们现在将三千年来家族主义与民族主义两个势力发展的情形,作一粗略的检讨,这对于今后发展民族主义许是应有的认识。

上文已经说过,建立封建制度的基础是家族制度。但封建制度的崩溃,也正由于它这基础。一个最强固的家族,是在它发展得不大不小的时候。太小固然不足以成为一个力量,太大则内部散漫,本身力量互相抵销,因此也不能成为一个坚强统一的有机体。封建的重心始终在中层的大夫阶级,理由便在此。重心在大夫,所以侯国与王朝必趋于削弱,以至制度本身完全解体。一方面封建制度下所谓国,既只是一群家的组合体,其重心在家而不在国,一方面国与国间的地理环境,既无十分难以打通的天然墙壁,而人文方面,尤其是文字的统一,处处都是妨碍任何一国发展其个别性的条件,因此在列国之间,类似民族主义的观念便无从产生。春秋时诚然喊过一度"尊王攘夷"的口号，但是那"夷"毕竟太容易"攘"了，（有的还不待攘而自被同化）所以也没有逼出我们的民族主义来。我们一直在为一种以家族主义为基础的天下主义努力，那便是所谓"天下一家"的理想。到了秦汉，这理想果然实现了。就以家族主义为基础的精神看来，郡县只是抽掉了侯国的封建——一种阶层更简单，组织更统一，基础更稳固的封建制度，换言之，就是一种更彻底，更合理的家族主义的社会组织。汉人看清了这一点，索性就以治家之道治天下，而提倡孝，尊重儒术。这办法一直维持了二千余年，没有变过，可见它对于维持内部秩序相当有效。可惜的是一个国家的问题不仅从内部发生。因而家族主义的作用也就有时而穷了。

　　自汉朝以孝行为选举人才的标准，渐渐造成汉末魏晋以来的门阀之风，于是家族主义更为发达。突然来临的五胡乱华的局面，不但没有刺激我们的民族主义，反而加深了我们的家族主义。因为当时的人是用家族主义来消极的抵抗外患。所以门阀之风到了六朝反而更盛，如果当时侵入的异族讲了民族主义，一意要胡化中国，我们的家族主义未尝不可变质为民族主义。无奈那些胡人只是学华语，改汉姓，一味向慕汉化，人家既不讲民族主义，我们的民族主义自然也讲不起来。一方面我们自己想藉家族主义以抵抗异族，一方面异族也用釜底抽薪的手段，附和我们的家族主义，以图应付我们，于是家族主义便愈加发达，而民族意识便也愈加消沉。再加上当时内侵的异族本身，在种族方面万分复杂，更使民族主义无法讲起。结果到了天宝之乱，几乎整个朝廷的文武百官，都为了保全身家性命，投降附逆了。一位"麻鞋见天子，衣袖露两肘"的诗人，便算作了不得的忠臣，那时代的忠的观念之缺乏，真叫人齿冷！这大概是历史上民族意识最消沉的一个时期了。

然而唐初已开始破坏门阀，而轻明经，重进士的选举制度也在暗中打击拥护家族主义的儒家思想，这些措施虽未能立刻发生影响而消灭门阀观念，但至少中唐以下，十分不尽人情的孝行是不多见了。（韩愈《辩讳》便是孝的观念在改变中之一例。）这是历史上一个重要的转折点。因为老实说，忠与孝根本是冲突的，若非唐朝先把孝的观念修正了，临到宋朝，无论遇到多大的外患，还是不曾表现那么多忠的情绪的。孝让一步，忠才能进一步，忠孝不能两全，家族主义与民族主义不能并立，不管你愿意与否，这是铁的事实。

历史进行了三分之二的年代，到了宋朝，民族主义这才开始发芽，迟是太迟，但仍然是值得庆幸的。此后的发展，虽不是直线的，大体说来，还是在进步着。从宋以下，直到清末科举被废，历代皆以经义取士，这证明了以孝为中心思想的家族主义，依然在维持着它的历史的重要性。但蒙古满清以及最近异族的侵略，却不断的给予了我们民族主义发展的机会，而且每一次民族革命的爆发，都比前一次更为猛烈，意识也更为鲜明。由明太祖而太平天国，而辛亥革命，以至目前的抗战，我们确乎踏上了民族主义的路。但这条路似乎是痫形的，开端时路面很窄，因此和家族主义的路两不相妨，现在路面愈来愈宽，有侵占家族主义的路面之势，以至将来必有那么一天，逼得家族主义非大大让步不可。家族是永远不能废的，但家族主义不能存在。家族主义不存在，则孝的观念也要大大改变，因此儒家思想的价值也要大大的减低了。家族主义本身的好坏，我们不谈，它妨碍民族主义的发展是事实，而我们现在除了民族主义没有第二条路可走，（因为这是到大同主义必经之路）所以我们非请它退让不可。

有人或许以为讲民族主义，必须讲民族文化，讲民族文化必须以儒家为皈依。因而便不得不替家族主义辩护，这似乎是没有认清历史的发展。而且中国的好东西至少不仅仅是儒家思想，而儒家思想的好处也不在其维护家族主义的孝的精神。前人提过"移孝作忠"的话，其实真是孝，就无法移作忠，既已移作忠，就不能再是孝了。倒是"忠孝不能两全"真正一语破的了。

复古的空气

近来在思想和文学艺术诸方面，复古的空气颇为活跃，这是值得注意的一个现象。就一般民众讲，文化是有惰性的，而农业社会尤其如此。几千年积下来的习惯和观念，几乎成了第二天性，骤然改动，是不舒服的，其实就这群浑浑噩噩的大众说，他们始终是在"古"中没有动过，他们未会维新，还谈得到什么复古！我们所谓复古空气，自然是专指知识和领导阶级说的。不过农民既几乎占我们人口百分之八十，少数的知识和领导阶级，不会不受他们的影响，所以谈到少数人的复古空气，首先不能不指出那作为他们的背景的大众。至于少数人之间所以发生这种空气，其原因与动机，可以分作四个类型来讲。

（一）一般的说来，复古倾向是一种心理上的自卫机能。自从与外人接触，在物质生活方面，发现事事不如人，这种发现所给予民族精神生活的担负，实在太重了。少数先天脆弱的心灵确乎给它压瘪了，压死了。多数人在这时，自卫机能便发生了作用。本来文学艺术以及哲学就有逃避现实的趋势，而中国的文学艺术与哲学尤其如此。

中国人现实方面的痛苦，这时正好利用它们来补偿。一想到至少在这些方面我们不弱于人，于是便有了安慰。说坏了，这是"鱼处于陆，相濡以湿，相嘘以沫"的自慰的办法。说好了，人就全靠这点不肯绝望的刚强性，才能够活下去，活着奋斗下去。这是紧急关头的一帖定心剂。虽不彻底，却也有些暂时的效用。代表这种心理的人，虽不太强，也不太弱，惟其自知是弱,所以要设法"自卫",但也没有弱到连"自卫"的意志都没有,所以还算相当的弱,平情而论,这一类型的复古倾向,是未可厚非的。

(二)另一类型是带有报复意味的自尊心理。凡是与外人直接接触较多,自然也就是饱尝屈辱经验的人,一方面因近代知识较丰富,而能虚心承认自己落后,另一方面,因为往往是社会各部门的领袖,所以有他们应有的骄傲和自尊心,然责任又教他们不能不忍重负辱,那种矛盾心理的压迫是够他们受的。压迫愈大,反抗也愈大。一旦机会来了,久经屈辱的自尊心是知道图报复的,于是紧跟着以抗战换来的民族荣誉和国家地位,便是甚嚣尘上的复古空气。前一类型的心理说我们也有不弱于人的地方,这一类型的简直说我们比他们高。这些人本来是强者,自大是强者的本色,民族荣誉和国家地位也实在来得太突然,教人不能不迷惑。依强者们看来,一种自然的解释,是本来我们就不是不如人,荣誉和地位我们是应得。诚然——但是那种趾高气扬的神情总嫌有些不够大方罢!

(三)第三个类型的复古,与其说是自尊,无宁说是自卑。不少的外国朋友捧起中国来,直使我们茫然。要晓得西洋人的一本性是浪漫好奇的,甚至是怪僻的,不料真有人盲从别人来捧自己,因而也大干起复古的勾当来。实在是这种复古以媚外的心理,也并不少见。

(四)如果第三种人是完全没有自己,第四种人便是完全为自己打算的。有的是以复古来掩饰自己不懂近代知识,多半的老先生们属于这一类,虽则其中少年老成的分子也不在少数。有的正相反,又以复古来掩饰自己不大懂线装书的内容,暴发户的"二毛子"属于这一类,虽则只读洋装书的堂堂学者们也有时未能免俗。至于有人专门搬弄些'假古董'在国际市场上吸收外汇，因而为对外推销的广告作用。不得不响应国内的复古运动，那就不好批评了。

　　复古的心理是分析不完的，大致说来，最显著的不外上述的四类型。其中有比较可取的，有居心完全不可问的。纯粹属于某一类型的大概很少，通常是几种揉合错综起来的一个复杂体。说复古空气是最近新兴的现象，也不合事实。趋势早已在酝酿，不过最近似乎更表面化了一点。为什么最近才表面化？当然与抗战有关。历史的转向，转向时的心理是不会有平静。转得愈急，波动愈大，所以在这抗战期间，一面近代化的呼声最高，一面复古的空气也最浓厚。

　　就一般的人说，心理的波动，不足怪，但少数的知识和领导分子，却应该早已认清历史，拿定主意，游移虽不致改变历史，但是会延缓历史的进展，须知我们的时间和精力却不容浪费。

　　我们的民族和文化所以能存在到今天，自然有其生存的道理在，这道理并不像你所想的，在能保存古的，而是正相反，在能吸收新的。历史告诉我们，中国文化并不是一个单纯的，一成不变的文化，（如果是那样的，它就早完了。）最初东西夷夏两民族，分明代表着两个不同的文化。

　　如果你站在东方，以夷（殷人及东夷）为本位，那便是夷吸收了夏，如果站在西方，以夏（夏周）为本位，那便是夏吸收了夷。但是这两个文化早已融合到一种程度，使得我们分辨不出谁是主，谁是客来。在血缘上，楚与北方夷夏两族的关系，究竟如何，现在还不知道。无论如何，在文化上，直至战国，他们还是被视为外国人的。逐渐的这一支文化也被吸收了，到了汉朝，南北又成了一家，分不出主客来。究竟谁是我们的"古"？严格的讲，殷的后裔孔子若要复古，文武周公就得除外，屈原若要复古，就得否认《三百》篇。从西周到战国，无疑是我们文化史中最光荣的一段，但从没有听说那时的人站在民族的立场上讲复古的。即使依你的说法，先秦北方的夷夏和南方的楚，在民族上还是一家，文化也不过是大同小异，不能和今天的情形相比。那么，打汉末开始的一整部佛教史又怎样呢？宋明人要讲复古，会有他们那"儒表佛里"的理学吗？会有他们那《西厢》《水浒》吗？还有一部清代的朴学史，也不能不承认是耶稣教士带来的西洋科学精神的赐予。以上都是极显而易见的历史事实，文化史上每放一次光，都是受了外来的刺激，而不是因为死抓着自己固有的东西。

不但中国如此，世界上多少文化都曾经因接触而交流，而放出异彩。凡是限于天然环境，不能与旁人接触，而自己太傻太笨，不能，因此就不愿学习旁人的民族，没有不归于灭亡的。天然环境的限制，只要有决心，有勇气，还可以用人力来打开，（例如我们的法显，玄奘，义净诸人的故事）怕的是自己一味固执，不肯虚怀受善。其实那里是不肯，恐怕还是不能，不会罢！如果是这种情形，那就惨了。我深信我们今天的情形，不属于这一类，然而我仍然有点不放心。佛教思想与老庄本就有些相近，让我们接受佛教思想，比较容易。今天来的西洋思想确乎离我们太远，是不是有人因望而生畏，索性就提倡复古以资抵抗呢？幸而今天喜欢嚷嚷孔学，和哼哼歪诗的人，究竟不算太多，而青年人尤其少。

我得强调的声明，民族主义我们是要的，而且深信是我们复兴的根本。但民族主义不该是文化的闭关主义。我甚至相信正因我们要民族主义，才不应该复古。老实说，民族主义是西洋的产物，我们的所谓"古"里，并没有这东西。谈谈孔学，做做歪诗，结果只有把今天这点民族主义的萌芽整个毁掉完事。其实一个民族的"古"是在他们的血液里，像中国这样一个有悠久历史的民族，要取消它的"古"的成分，并不太容易。难的倒是怎样学习新的，因为在上文我们已经提过，文化是有惰性的，而愈老的文化，惰性也愈大。克服惰性是一件难事啊！

有人说，你太傻了，你忘了"儒表佛里"的理学家的道统是从文武周公算起的，而不从释迦牟尼算起，接受西洋科学精神的朴学，仍旧称为汉学，而不称西学。内容无妨接受人家，外表还得是自己的。这是面子问题，而面子也不能不顾。今天的复古，也可以作如是观。我但愿自己太傻，然而我又担心拥护复古的人们和我一样的傻。傻到真正言行一致。

关于儒·道·土匪

医生临症，常常有个观望期间，不到病势相当沉重，病象充分发作时，正式与有效的诊断似乎是不可能的。而且，在病人方面，往往愈是痼疾，愈要讳疾忌医，因此恐怕非等到病势沉重，病象发作，使他讳无可讳，忌无可忌时，他也不肯接受诊断。

事到如今，我想即使是最冥顽的讳疾忌医派，如钱穆教授之流。也不能不承认中国是生着病，而且病势的严重，病象的昭著，也许赛过了任何历史记录。惟其如此，为医生们下诊断，今天才是最成熟的时机。

向来是"旁观者清"，无怪乎这回最卓越的断案来自一位英国人。这是韦尔斯先生观察所得：

> 在大部分中国人的灵魂里，斗争着一个儒家。一个道家。一个土匪。（《人类的命运》）

为了他的诊断的正确性，我们不但钦佩这位将近八十高龄的医生，而且感激他，感激他给我们查出了病源，也给我们至少保证了半个得救的希望，因为有了正确的诊断，才谈得到适当的治疗。

但我们对韦尔斯先生的拥护，不是完全没有保留的，我认为假如将"儒家，道家，土匪"，改为"儒家，道家，墨家"，或"偷儿，骗子，土匪"，这不但没有损害韦氏的原意，而且也许加强了它，因为这样说话，可以使那些比韦氏更熟悉中国历史和文化的人，感着更顺理成章点，因此也更乐于接受点。

先讲偷儿和土匪，这两种人作风的不同，只在前者是巧取，后者是豪夺罢了。"巧取豪夺"这成语，不正好用韩非的名言"儒以文乱法，侠以武犯禁"来说明吗？而所谓侠者不又是堕落了的墨家吗？至于以"骗子"代表道家，起初我颇怀疑那徽号的适当性，但终于还是用了它。"无为而无不为"也就等于说：无所不取，无所不夺。而看去又像是一无所取，一无所夺，这不是骗子是什么？偷儿，骗子，土匪是代表三种不同行为的人物，儒家，道家，墨家是代表三种不同的行为理论的人物，尽管行为产生了理论，理论又产生了行为，如同鸡生蛋，蛋生鸡一样，但你既不能说鸡就是蛋，你也就不能将理论与行为混为一谈。所以韦尔斯先生叫儒家，道家和土匪站作一排，究竟是犯了混淆范畴的逻辑错误。这一点表过以后，韦尔斯先生的观察，在基本意义上，仍不失为真知灼见。

就历史发展的次序说，是儒，墨，道。要明白儒墨道之所以成为中国文化的病，我们得从三派思想如何产生讲起。

由于封建社会是人类物质文明成熟到某种阶段的结果，而它自身又确乎能维持相当安定的秩序，我们的文化便靠那种安定而得到迅速的进步，而思想也便开始产生了。但封建社会的组织本是家庭的扩大，而封建社会的秩序是那家庭中父权式的以上临下的强制性的秩序，它的基本原则至多也只是强权第一，公理第二。当然秩序是生活必要的条件，即便是强权的秩序，也比没有秩序好。尤其对于把握强权，制定秩序的上层阶级，那种秩序更是绝对的可宝。儒家思想便是以上层阶级的立场所给予那种秩序的理论的根据。然而父权下的强制性的秩序，毕竟有几分不自然，不自然的便不免虚伪，虚伪的秩序终久必会露出破绽来，墨家有见于此，想以慈母精神代替严父精神来维持秩序，无奈秩序已经动摇后，严父若不能维持，慈母更不能维持，儿子大了，父亲管不了，母亲更管不了，所以墨家之归于失败，是势所必然的。

墨家失败了，一气愤，自由行动起来，产生所谓游侠了，于是秩序便愈加解体了。秩序解体以后，有的分子根本怀疑家庭存在的必要，甚至咒诅家庭组织的本身，于是独自逃掉了，这种分子便是道家。

一个家庭的黄金时代，是在夫妇结婚不久以后，有了数目不太多的子女，而子女又都在未成年的期间。这时父亲如果能够保持着相当丰裕的收入，家中当然充满一片天伦之乐，即令不然，儿女人数不多，只要分配得平均，也还可以过得相当快乐。万一分配不太平均，反正儿女还小，也不至闹出大乱子来。但事实是一个庞大的家庭，儿女太多，又都成年了，利害互相冲突，加之分配本来就不平均，父亲年老力衰，甚至已经死了，家务由不很持平的大哥主持，其结果不会好，是可想而知了，儒家劝大哥一面用父亲在天之灵的大帽子实行高压政策，一面叫大家以黄金时代的回忆来策励各人的良心，说是那样，当年的秩序和秩序中的天伦之乐，自然会恢复。他不晓得当年的秩序，本就是一个暂时的假秩序，当时的相安无事，是沾了当时那特殊情况的光，于今情形变了，自然会露出马脚来，墨家的母性的慈爱精神不足以解决问题，原因也只在儿女大了，实际的利害冲突，不能专凭感情来解决，这一层前面已经提到。在这一点上，墨家犯的错误，和儒家一样，不过墨家确乎感觉到了那秩序中分配不平均的基本症结，这一点就是他后来走向自由行动的路的心理基础。墨家本意是要实现一个以平均为原则的秩序，结果走向自由行动的路，是破坏秩序。只看见破坏旧秩序，而没有看见建设新秩序的具体办法，这是人们所痛恶的，因为，正如前面所说的，秩序是生活的必要条件。尤其是中国人的心理，即令不公平的秩序，也比完全没有秩序强。

这里我们看出了墨家之所以失败，正是儒家之所以成功。至于道家因根本否认秩序而逃掉，这对于儒家，倒因为减少了一个掣肘的而更觉方便，所以道家的遁世实际是帮助了儒家的成功。因为道家消极的帮了儒家的忙，所以，儒家之反对道家，只是口头的，表面的，不像他对于墨家那样的真心的深恶痛绝。因为儒家的得势，和他对于墨道两家态度的不同，所以在上层阶级的士大夫中，道家还能存在，而墨家却绝对不能存在。墨家不能存在于士大夫中，便一变为游侠，再变为土匪，愈沉愈下了。

捣乱分子墨家被打下去了，上面只剩了儒与道，他们本来不是绝对不相容的，现在更可以合作了。合作的方案很简单。这里恕我曲解一句古书，《易经》说"肥遁，无不利"，我们不妨读肥为本字。而把"肥遁"解为肥了之后再遁，那便是说一个儒家做了几任"官"，捞得肥肥的，然后撒开腿就跑，跑到一所别墅或山庄里，变成一个什么居士，便是道家了。——这当然是对己最有利的办法了。甚至还用不着什么实际的"遁"，只要心理上念头一转，就身在宦海中也还是遁，所谓"身在魏阙，心在江湖"，和"大隐隐朝市"者，是儒道合作中更高一层的境界。在这种合作中，权利来了，他以儒的名分来承受，义务来了，他又以道的资格说，本来我是什么也不管的，儒道交融的妙用，真不是笔墨所能形容的，在这种情形之下，称他们为偷儿和骗子，能算冤曲吗？

"成者为王，败者为寇"，"窃钩者诛，窃国者侯"，这些古语中所谓王侯如果也包括了"不事王侯，高尚其事"的道家，便更能代表中国的文化精神。事实上成语中没有骂到道家，正表示道家手段的高妙。讲起穷凶极恶的程度来，土匪不如偷儿，偷儿不如骗子，那便是说墨不如儒，儒不如道，韦尔斯先生列举三者时，不称墨而称土匪，也许因为外国人到中国来，喜欢在穷乡僻壤跑，吃土匪的亏的机会特别多，所以对他们特别深恶痛绝。在中国人看来，三者之中，其实土匪最老实，所以也最好防备。从历史上看来，土匪的前身墨家，动机也最光明。如今不但在国内，偷儿骗子在儒道的旗帜下，天天剿匪，连国外的人士也随声附和的口诛笔伐，这实在欠公允，但我知道这不是韦尔斯先生的本意，因为知道在他们本国，韦尔斯先生的同情一向是属于那一种人的。

话说回来，土匪究竟是中国文化的病，正如偷儿骗子也是中国文化的病。我们甚至应当感谢韦尔斯先生在下诊断时，没有忘记土匪以外的那两种病源——儒家和道家。韦尔斯先生用《春秋》的书法，将儒道和土匪并称，这是他的许多伟大贡献中的又一个贡献。

从宗教论中西风格

要说明中西风俗不同，可以从种种不同的方面着眼，从宗教着眼，无疑是一个比较扼要的看法。所谓宗教，有广义的，有狭义的，狭义的讲来，中国人没有宗教，因此我们若能知道这狭义宗教的本质是什么，便也知道了中西风格不同之点在那里。至于宗教造成了西洋人的性格，还是西洋人的性格产生了他们的宗教，那是一个鸡生蛋还是蛋生鸡的辩论，我们不去管它。目下我们要认清的一点，是宗教与西洋人的性格是不可分离的。

要确定宗教的本质是什么，最好是溯源到原始思想。生的意志大概是人类一切思想的根苗。人类生活愈接近原始时代，求生意志的强烈，与求生能力的薄弱，愈有形成反比例之势。但是能力愈薄弱，不但不能减少意志的强烈性，反而增加了它。在这能力与意志不能配合的难关中，人类乃以主观的"生的意识"来补偿客观的"生的事实"之不足，换言之，因一心欲生，而生偏偏是不完整，不绝对的，于是人类便以"死的否认"来保证"生的真实"。这是人类思想史的第一页，也实在是一个了不得的发明。我们今天都认为死是一个千真万确的事实，原始人并不这样想。对于他们，死不过是生命途程中的另一阶段，这只看他们对祭祀态度的认真，便可知道。我们也可以说，他们根本没有死的观念，他们求生之心如此迫切，以至忽略了死的事实，而不自觉的做到了庄子所谓"以死生为一体"的至高境界。我说不自觉的，因为那不是庄子那般通过理智的道路然后达到的境界，理智他们绝对没有，他们只是一团盲目的求生的热欲，在热欲的昏眩中，他们的意识便全为生的观念所占据，而不容许那与生相反的死的观念存在，诚然，由我们看来，这是自欺。但是，要晓得对原始人类，生存是那样艰难，好样没有保障，如果没有这点生的信念，人类如何活得下去呢？所以我们说这人类思想史的第一页，是一个了不得的发明。那不死简直是肉体的不死，这还是可以由他们对祭祀的态度证明的，但是知识渐开，他们终于不得不承认死是一个事实。承认了死，是否便降低了生的信念呢？那却不然。他们承认的是肉体的死，至于灵魂他们依然坚持是不会死的。以承认肉体的死为代价，换来了灵魂不死的信念，在实利眼光的人看来，是让步，是更无聊的自欺；在原始人类看来，却是胜利。因为他们认为灵魂的存在比肉体的存在还有价值，因此，用肉体的死换来了灵魂的不死，是占了便宜。总之他们是不肯认输，反正一口咬定了不死，讲来讲去，还是不死，甚至客观的愈逼他们承认死是事实，主观的愈加强了他们对不死的信念。他们到底为什么要这样的倔强，这样执迷不悟？理智能力薄弱吗？但要记得这是理智能力进了一步，承认了肉体的死是事实以后的现象。看来理智的压力愈大，精神的信念跳得愈高。理智的发达并不妨碍生的意志，反而鼓励了它，使它创造出一个求生的灵魂。这是人类思想史的第二页，一个更荒唐，也更神妙的说明。

人类由自身的灵魂而推想到大自然的灵魂：本是思想发展过程中极自然的一步。想到这个大自然的灵魂实在说是人类自己的灵魂的一种投射作用，再想到投射出去的自己，比原来的自己几乎是无限倍数的伟大，并又想到在强化生的信念与促进生的努力中，人类如何利用这投射出去的自己来帮助自己——想到这些复杂而纡回的步骤，更令人惊讶人类的"其愚不可及"，也就是他的其智不可及。如今人毕竟承认了自己无能。因为他的理智又较前更发达了一些，他认清了更多的客观事实，便是他就此认输了吗？没有。人是无能，他却创造了万能的神。万能既出自无能，那么无能依然是万能。如今人是低头了，但只向自己低头，于是他愈低头，自己的地位也愈高。你反正不能屈服他，因为他有着一个铁的生命意志，而铁是愈捶练愈坚韧的。这人类思想史的第三页，讲理论，是愈加牵强，愈加支离，讲实用，却不能不承认是不可思议的神奇。

　　如果是以贿赂式的祭祀为手段，来诱致神的福佑或杜绝神的灾祸，或有时还不惜用某种恫吓式的手段，来要挟神做些什么或不做些什么——对神的态度，如果是这样，那便把神的能力看得太小了。人小看了神的能力其实也就是小看自己的能力，严格的讲，可以恫吓与贿赂的手段来控制的对象，只能称之为妖灵或精物，而不是神，因之，这种信仰也只能算作迷信，而不是宗教。宗教崇拜的对象必须是一个至高无上的，神圣的，万能而慈爱的神，你向他只有无条件的依皈和虔诚的祈祷。你的神愈是全德与万能，愈见得你自己全德与万能，因为你的神就是你所投射出去的自身的影子。既然神就是像自己。所以他不妨是一个人格神，而且必然是一个人格神。神的形相愈像你自己，愈足以证明是你的创造。正如神的权力愈大，愈足以反映你自己权力之大。总之你的神不能太不像你自己，不像你自己，便与你自己无关，他又不能太像你自己，太像你自己，便暴露了你的精神力量究竟有限。是一个不太像你，又不太不像你的全德与万能的人格神，不多不少，恰恰是这样一个信仰，才能算作宗教。

　　按照上述的宗教思想发展的程序和它的性质，我们很容易辨明中西人谁有宗教，谁没有宗教。第一，关于不死的问题，中国人最初分明只有肉体不死的观念，所以一方面那样着重祭祀与厚葬，一方面还有长生不老和白日飞升的神仙观念。真正灵魂不死的观念，我们本没有，我们的灵魂观念是外来的，所以多少总有点模糊。第二，我们的神，在下层阶级里，不是些妖灵精物，便是人鬼的变相，因此都太像我们自己了，在上层阶级里，他又只是一个观念神而非人格神，因此太嫌不像我们自己了。既没有真正的灵魂观念，又没有一个全德与万能的人格神，所以说我们没有宗教，而我们的风格和西洋人根本不同之处恐怕也便在这里。我们说死就是死，他们说死还是生，我们说人就是人，我们对现实屈服了，认输了，他们不屈服，不认输。所以他们有宗教而我们没有。

我们在上文屡次提到生的意志，这是极重要的一点，也许就是问题的核心。往往有人说弱者才需要宗教，其实是强者才能创造宗教来扶助弱者，替他们提高生的情绪，加强生的意志。就个人看，似乎弱者更需要宗教，但就社会看，强者领着较弱的同类，有组织的向着一个完整而绝对的生命追求，不正表现那社会的健康吗？宗教本身尽有数不完的缺憾与流弊，产生宗教的动机无疑是健康的。有人说西洋人的爱国思想和恋爱哲学，甚至他们的科学精神，都是他们宗教的产物，他们把国家，爱人和科学的真理都"神化"了，这话并不过分。至少我们可以说，产生他们那宗教的动力，也就是产生那爱国思想，恋爱哲学和科学精神的动力。不是对付的，将就的，马马虎虎的，在饥饿与死亡的边缘上弥留着的活着，而是完整的，绝对的活着，热烈的活着——不是彼此都让步点的委曲求全，所谓"中庸之道"式的，实在是一种虚伪的活，而是一种不折不扣的，不是你死我活，便是我死你活的彻底的，认真的活——是一种失败的今生，成功在来世的永不认输，永不屈服的精神。这便是西洋人的性格。这性格在他们的宗教中表现得最明显。因此也在清教徒的美国人身上表现得最明显。

　　人生如果仅是吃饭睡觉，寒暄应酬，或囤积居奇，营私舞弊，那许用不着宗教，但人生也有些严重关头，小的严重关头叫你感着不舒服，大的简直要你的命，这些时候来到，你往往感着没有能力应付它，其实还是有能力应付，因为人人都有一副不可思议的潜能。问题只在用一套什么手法把它动员起来。一挺胸，一咬牙，一转念头，潜能起来了，你便能排山倒海。使一切不可能的变为可能了。那不是技术，而是一种魔术。那便是宗教。中国人的办法，似乎是防范严重关头，使它不要发生，藉以省却自己应付的麻烦。这在事实上是否可能，姑且不管，即使可能，在西洋人看来，多么泄气，多么没出息！他们甚至没有严重关头，还要设法制造它，为的是好从那应付的挣扎中得到乐趣。没事自己放火给自己扑灭，为的是救火的紧张太有趣了，如果救火不熄，自己反被烧死，那殉道者的光荣更是人生无上的满足——你说荒谬绝伦，简直是疯子！对了，你就是不会发疯，你生活里就缺少那点疯，所以你平庸，懦弱。人家在天上飞时，你在粪坑里爬！

　　中西风格的比较？你拿什么跟人家比？你配？尽管有你那一套美丽名词，还是掩不住那渺小，平庸，怯懦，虚伪，掩不住你的小算盘，你的偷偷摸摸，自私自利，和一切的丑态。你的孝悌忠信，礼义廉耻，和你古圣先贤的什么哲学只令人作呕，我都看透了！你没有灵魂，没有上帝的国度，你是没有国家观念的一盘散沙，一群不知什么是爱的天阉，（因此也不知什么是恨）你没有同情，也没有真理观念。然而你有一点鬼聪明，你的蕃殖力很大，因为聪明所以会鼠窃狗偷——营私舞弊，囤积居奇。因为蕃殖力大，所以让你的同类成千成万的裹在清一色的破棉袄里，排成番号，吸完了他们的血，让他们饿死，病死……这是你的风格，你的仁义道德！你拿什么和人家比！

没有宗教的形式不要紧。只要有产生宗教的那股永不屈服，永远向上追求的精神，换言之，就是那铁的生命意志，有了这个，任凭你向宗教以外任何方向发展都好，怕的是你这点意志，早被瘪死了，因此除了你那庸俗主义的儒家哲学以外，不但宗教没有，旁的东西也没有。更可怕的是宗教到你手里，也变成了庸俗，虚伪，和鼠窃狗偷的工具。怕的是你的生命的前提是败北主义，和你那典型的口号"没有办法"！于是你只好嘲笑，说俏皮话。是啊，你有聪明，有蕃殖力，所以你可以存在，"耗子苍蝇不也存在吗？"但你没有生活，因为我看透了你，你打头就承认了死是事实，那证明了你是怕死的。惟其怕死，所以你也怕生，你这没出息的"四万万五千万"！

妇女解放问题

认清楚对象

争取妇女解放的对象该是整个社会而不是男性。一切问题都是这不合理的社会所产生,都该去找社会去算帐。但社会是看不见的,在这里只能用个人的想象来把它看成一个集体的东西——房屋。我们在这房屋中间生活了几千年,每人都被安放在一个角落上,有的被放得好,放得正,生活过得舒服;有的被放得不正,生活不舒服,就想法改良反抗,于是推推挤挤拿旁人来出气。其实,旁人也没有办法,也不能负责的,这是整个社会结构的问题,就像一座房屋,盖得既不好,年代又久了,住得不舒服,修修补补是没有用处的,就只有小心地把房屋拆下,再重新按照新的设计图样来建筑。对于社会而言,这种根本的办法,就是"革命"。革命并非毁灭,只是小心地把原料拆下来,重新照新计划改造。所以计划得很好的革命,并不是太大的事情。

奴隶制度产生的因素有二:
一是种族,二是两性

现在的社会是不合理的,因为这社会里有阶级,阶级的产生由于奴隶制度。奴隶制度产生的因素有两个。一是种族,二是两性。在两个种族打仗的时候，甲族的人被乙族的俘去了，作为生产工具，即是奴隶，原来平等的社会就开始分裂成主奴两个阶级。奴隶的数目愈来愈多的时候，这两个阶级的分别也愈为明显，倘没有另外的种族，那末一切不平等，阶级产生的可能性也可减少。其次，问到最初被俘的甲族人是男还是女的，回答说是女的。被俘来的不仅作奴隶，还可作妻子。因为在图腾社会中有一种很重要的制度叫"外婚制"，就是男子不能和他本族的女子结婚，一定得找外族的女子作配偶。在这制度下两族本可交换女子结婚，但因古代婚姻，不单是解决两性的问题，重要的还是经济的问题，大家都需要生产，劳动力，女子在未嫁前帮娘家作活，娘家当然不愿她出嫁而减少一个帮手，使自己受到损失，所以老把女儿留在家里。但另一边同样急切地需要她去生产孩子，在这争持的情形下，产生了抢婚的行为，她既是被抢来的生产工人，便怕她逃回去，或被娘家的人抢回，才用绳子捆起，成为这族的奴隶，所以谈到奴隶制度时，两性的因素不可缺少，甚至"奴隶制"，是"外婚制"的发展呢！

女性·奴性和妓性

中国古人造字，"女"字是"㐉"或"㘝"，象征绳子把坐着的人捆住，而"女"字和"奴"字在古时不但声音一样，意义也相同，本来是一个字，只是有时多加一只手牵着"㘝"而已，那时候，未出嫁的女儿叫"子"，出嫁后才叫"女"或"奴"，所以妇女的命运从历史的开始起，就这么惨了。

现在的社会里，奴隶已逐渐解放了，最先被解放的奴隶是距主人最远的农业奴隶，主人住在城里，他们住在乡间。其次被解放的是贵族的工商职奴隶，主人住在内城，他们住在外城。再其次是在主人身边伺候主人的听差老妈子，而资格最老，历史最久的奴隶——妇女——却还没有得到解放。因为她们和她们的主子——丈夫——的距离太近，关系太密切了，而且生活过得也还可以，不觉得要解放。

从历史上看中国的女性，就是奴性的同义字，三从四德就是奴性的内容。再不客气地说一句，近代西洋女性的妓性比较起来也好不了多少，只是男女关系不固定些而已。奴则老是呆在家里，不准外出，而且固定属于一个男子，妓则要自由得多，妓因有被迫去当的，但自动去当妓多少带点反抗性，所以近代西洋的妓性比中国的奴性要好一点，因为已解放了一个，只是不彻底而已。

真女性应该从母性出发而不从妻性出发

彻底解放了的新女性应该是真女性，我们先设想在奴隶社会没开始时的那个没有阶级，没有主奴关系的社会，真女性就该以那社会中的天然的，本来的，真正的女性做标准。有人说女子总是女子，在生理上和男子不同，就进化来证明女子该进厨房，其实是不对的，根据人类学，在原始时的女性中心社会里的女子，长得和这时代的女子不同，胸部挺起，声量宽洪，性格刚强，而那时候的男子反因坐得久了，脂肪储在下体，使臀部变大，同时又因须抚养儿女，性情温柔，声音细弱．所以除了女子能生育而产生母子关系而外，和男子并没有什么不同。真女性就应该从母性出发而不从妻性出发，（从妻性出发，不成为奴，即成为妓。）母亲对待儿子总是慈爱的，愿为儿子操劳，忍耐，甚至勇敢地牺牲，从母性出发的真女性是刚强的，具备一切美德如：仁爱，忍耐，勇敢，坚强，就是雌性的动物在哺乳的时候，总是比雄的还来得凶，来得可怕，俗语中的"母大虫""雌老虎"，古书上称猎得乳虎的做英雄，都是这个意思。女子彻底解放以后，将来的文化要由女子来领导一切都以妇女为表率，为模范，为中心。

我们不反对女子中看又中用，
但最要紧的还是中用

妇女的解放，并不是个人的努力所能成功的，必须从整个社会下手，拆下旧房屋，再按照新计划去盖造，使成为没有阶级，没有主奴关系的社会。历史照螺旋形发展，从当初开始有奴隶的社会到今天刚好绕了一圈，现在又要到没有奴隶的社会了，这不是进化，不过这得有理想，有魄力才能改变到一个新社会。三千年来的历史全错了，要是有一点地方对的，也是偶然碰上了而已。我的这种想法也许有点大胆，有点浪漫；但在有些地方——譬如苏联，已经试验成功了。台维斯的《出使莫斯科记》里说："美国的女子中看不中用，苏联的女子中用不中看。"苏联女子就是从母性出发的真女性，是实际有用的，并不是供人看看的花瓶。当然我们不反对女子中看又中用，但最要紧的还是中用，倘以中看为标准而做去，充其量，只是表现出妓性。还有《延发一月》的作者告诉我们延安的妇女已不像女性，也就是说延安的妇女是真正解放了，已不再是奴隶了。现在既有具体的，试验成功的榜样供大家学习，为什么还躲在这社会里呻吟而逃避呢？毕竟妇女解放问题被提出了，热烈地展开讨论了，表示妇女解放的条件已成熟，离真正解放的日子也不远了，一旦妇女真正解放，文化也就变成新的文学艺术各部门都要以新姿态出现了！

新文艺和文学遗产

地点——联大文艺晚会（在新校舍图书馆前草地上）
时间——三十三年五月八日晚

"今天晚上在场发言的，建设新文艺的人物有八位教授，（记者按：八教授为冯至，朱自清，孙毓棠，沈从文，卞之琳，闻家驷，李广田，杨振声。）而我和罗先生（常培）是干破坏的，破坏旧的东西，……月亮出来了（闻先生指着初从云中钻出的满月说），乌云还等在旁边，随时就会给月亮盖住。我们要特别注意……要记住我们这个五四文艺晚会是这样被人阴谋破坏的；但是我们不用害怕，破坏了，我们还要来！五四的任务没有完成，我们还要干！我们还要科学，要民主，要打倒孔家店和封建势力！…文学遗产在五四以前是叫做国粹，五四时代叫做死文学，现在是借了文学遗产的幌子来复古，来反对新文艺，现在我就是要来审判它；中国在君主政治底下，'君'是治人的，但不是'君'自己去治，而实际治人的是手下的许多人，治人就是吃人！……中国的政治由封建而帝制，再由帝制而民治……中国的封建社会里面有四种家臣：第一种是绝对效忠主子的，是儒家；第二种次之，是法家；第三种更次之，是墨家；而庄子是第四种，是拒小惠而要彻底的拆台的。但是因为有前三种人的支持，所以没有效果。后来，由反抗现实而逃到象牙塔中。辛亥以后，治人吃人的观念并没有打倒。管家人吃人，借了君子的名字。在五四，第四种人出塔了，他们要自己管理自己，管家的无立足余地了。但是他们仍旧可以存在的，不过不再是替君子管而是替人民管了。可惜第四种人在塔外住不惯，又回到塔里面去了！那么前三种人又活跃了！但他们觉得新主子不如旧主子好，所以才有'献九鼎'啊！新主子一出来首先要打击五四运动，要打击提倡民治精神的祸因。后来他们发现民主是从外国来的，于是义和团精神又出现了，跟外国人绝交。现在谈第四种人，他们拼命搬旧塔的砖瓦来造新塔，就如有人在提倡晚明小品，表面上是新文艺，其实是旧的。新文学同时是新文化运动，新思想运动，新政治运动，新文学之所以新就是因为它是与思想，政治不分的，假使脱节了就不是新的。文学的新旧不是甚么文言白话之分，因为古文所代表的君主旧意识要不得，所以要提倡新的。第四种人中的道家则劣处较少。新文学是要和政治打通的。至于文学遗产，就是国粹，就是桐城妖孽，就是骸骨，就是山林文学。中国文学当然是中国生的，但不必嚷嚷遗产遗产的，那就是走回头路，回去了！现在感到破坏的工作不能停止，讲到破坏，第一当然仍旧要打倒孔家店，第二要摧毁山林文学。从五四到现在，因为小说是最合乎民主的，所以小说的成绩最好，而成绩最坏的还是诗。这是因为旧文学中最好的是诗，而现在做诗的人渐渐地有意无意地复古了。现在卞先生（之琳）已经不做诗了，这是他的高见，做新诗的人往往被旧诗蒙蔽了渐渐走向象牙塔。"

诗的格津

一

假定"游戏本能说"能够充分的解释艺术的起源，我们尽可以拿下棋来比作诗；棋不能废除规矩，诗也就不能废除格律。（格律在这里是 form 的意思）。"格律"两个字最近含着了一点坏的意思，但是直译 form 为形体或格式也不妥当。并且我们若是想起 form 和节奏是一种东西，便觉得 form 译作格律是没有什么不妥的了。假如你拿起棋子来乱摆布一气，完全不依据下棋的规矩进行，看你能不能得到什么趣味？游戏的趣味是要在一种规定的格律之内出奇致胜。做诗的趣味也是一样的。假如诗可以不要格律，做诗岂不比下棋，打球，打麻将还容易些吗？难怪这年头儿的新诗"比雨后的春笋还多些"。我知道这些话准有人不愿意听。但是 Bliss Perry 教授的话来得更古板。他说"差不多没有诗人承认他们真正给格律缚束住了。他们乐意戴着脚镣跳舞，并且要戴别个诗人的脚镣。"

这一段话传出来，我又断定许多人会跳起来。喊着"就算它是诗，我不做了行不行？"老实说，我个人的意思以为这种人就不作诗也可以，反正他不打算来戴脚镣，他的诗也就做不到怎样高明的地方去。杜工部有一句经验语很值得我们揣摩的，"老去渐于诗律细"。

诗国里的革命家喊道"舨返自然！"其实他们要知道自然界的格律，虽然有些像蛛丝马迹，但是依然可以找得出来。不过自然界的格律不圆满的时候多，所以必须艺术来补充它。这样讲来，绝对的写实主义便是艺术的破产。"自然的终点便是艺术的起点"，王尔德说得很对。自然并不尽是美的。自然中有美的时候，是自然类似艺术的时候。最好拿造型艺术来证明这一点。我们常常称赞美的山水，讲它可以入画。的确中国人认为美的山水，是以像不像中国的山水画做标准的。欧洲文艺复兴以前所认为女性的美，从当时的绘画里可以证明，同现代女性美的观念完全不合；但是现代的观念不同希腊的雕像所表现的女性美相符了。这是因为希腊雕像的出土，促成了文艺复兴，文艺复兴以来，艺术描写美人，都拿希腊的雕像做蓝本，因此便改造了欧洲人的女性美的观念。我在赵瓯北的一首诗里发现了同类的见解。

"绝似盆池聚碧屏，嵌空石笋满江湾。
化工也爱翻新样，反把真山学假山。"

这径直是讲自然的模仿艺术了。自然界当然不是绝对没有美的。自然界里面也可以发现出美来，不过那是偶然的事。偶然在言语里发现一点类似诗的节奏，便说言语就是诗，便要打破诗的音节，要它变得和言语一样——这真是诗的自杀政策了。（注意我并不反对用土白作诗，我并且相信土白是我们新诗的领域里，一块非常肥沃的土壤，理由等将来再仔细的讨论。我们现在要注意的只是土白可以"做'诗；这"做"字便说明了土白须要一番锻炼选择的工作然后才能成诗。）诗的所以能激发情感，完全在它的节奏；节奏便是格律。莎士比亚的诗剧里往往遇见情绪紧张到万分的时候，便用韵语来描写。歌德作《浮士德》也曾用同类的手段，在他致席勒的信里并且提到了这一层。韩昌黎"得窄韵则不复傍出，而因难见巧，愈险愈奇……"这样看来，恐怕越有魄力的作家，越是要戴着脚镣跳舞才跳得痛快，跳得好。只有不会跳舞的才怪脚镣碍事，只有不会做诗的才感觉得格律的缚束。对于不会作诗的，格律是表现的障碍物；对于一个作家，格律便成了表现的利器。

又有一种打着浪漫主义的旗帜来向格律下攻击令的人。对于这种人，我只要告诉他们一件事实。如果他们要像现在这样的讲什么浪漫主义，就等于承认他们没有创造文艺的诚意。因为，照他们的成绩看来，他们压根儿就没有注意到文艺的本身，他们的目的只在披露他们自己的原形。顾影自怜的青年们一个个都以为自身的人格是再美没有的，只要把这个赤裸裸的和盘托出，便是艺术的大成功了。你没有听见他们天天唱道"自我的表现"吗？他们确乎只认识了文艺的原料，没有认识那将原料变成文艺所必须的工具。他们用了文字作表现的工具，不过是偶然的事，他们最称心的工作是把所谓"自我"披露出来，是让世界知道"我"也是一个多才多艺，善病工愁的少年；并且在文艺的镜子里照见自己那倜傥的风姿，还带着几滴多情的眼泪，啊！啊！那是多么有趣的事！多么浪漫！不错，他们所谓浪漫主义，正浪漫在这点上，和文艺的派别绝不发生关系。这种人的目的既不在文艺，当然要他们遵从诗的格律来做诗，是绝对办不到的；因为有了格律的范围，他们的诗就根本写不出来了，那岂不失了他们那"风流自赏"的本旨吗？所以严格一点讲起来，这一种伪浪漫派的作品，当它作把戏看可以，当它作西洋镜看也可以，但是万不能当它作诗看。格律不格律，因此就谈不上了。让他们来反对格律，也就没有辩驳的价值了。

上面已经讲了格律就是 form。试问取消了 form，还有没有艺术？上面又讲到格律就是节奏。讲到这一层更可以明了格律的重要；因为世上只有节奏比较简单的散文，决不能有没有节奏的诗。本来诗一向就没有脱离过格律或节奏。这是没有人怀疑过的天经地义。如今却什么天经地义也得有证明才能成立？是不是？但是为什么闹到这种地步呢——人人都相信诗可以废除格律？也许是"安拉基"精神，也许是好时髦的心理，也许是偷懒的心理，也许是藏拙的心理，也许是……那我可不知道了。

前面已经稍稍讲了讲为什么不当废除格律。现在可以将格律的原质分析一下了。从表面上看来，格律可从两方面讲：（一）属于视觉方面的，（二）属于听觉方面的。这两类其实又当分开来讲，因为它们是息息相关的。譬如属于视觉方面的格律有节的匀称，有句的均齐。属于听觉方面的格式，有音尺，有平仄，有韵脚；但是没有格式，也就没有节的匀称，没有音尺，也就没有句的均齐。

关于格式，音尺，平仄，韵脚等问题，本刊上已经有饶孟侃先生《论新诗的音节》的两篇文章讨论得很精细了。不过他所讨论的是从听觉方面着眼的。至于视觉方面的两个问题，他却没有提到。当然视觉方面的问题比较占次要的位置。但是在我们中国的文学里，尤其不当忽略视觉一层，因为我们的文字是象形的，我们中国人鉴赏文艺的时候，至少有一半的印象是要靠眼睛来传达的。原来文学本是占时间又占空间的一种艺术。既然占了空间，却又不能在视觉上引起一种具体的印象——这是欧洲文字的一个缺憾。我们的文字有了引起这种印象的可能，如果我们不去利用它，真是可惜了。所以新诗采用了西文诗分行写的办法，的确是很有关系的一件事。姑无论开端的人是有意的还是无心的，我们都应该感谢他。因为这一来，我们才觉悟了诗的实力不独包括音乐的美（音节），绘画的美（词藻），并且还有建筑的美（节的匀称和句的均齐）。这一来，诗的实力上又添了一支生力军，诗的声势更加扩大了。所以如果有人要问新诗的特点是什么，我们应该回答他：增加了一种建筑美的可能性是新诗的特点之一。

近来似乎有不少的人对于节的匀称和句的均齐表示怀疑，以为这是复古的象征。做古人的真倒霉，尤其做中华民国的古人！你想这事怪不怪？做孔子的如今不但"圣人…夫子"的徽号闹掉了，连他自己的名号也都给褫夺了，如今只有人叫他作"老二"；但是耶稣依然是耶稣基督，苏格拉提依然是苏格拉提。你作诗摹仿十四行体是可以的，但是你得十二分的小心，不要把它作得像律诗了。我真不知道律诗为什么这样可恶，这样卑贱！何况用语体文写诗写到同律诗一样，是不是可能的？并且现在把节做到匀称了，句做到均齐了，这就算是律诗吗？

诚然，律诗也是具有建筑美的一种格式；但是同新诗里的建筑美的可能性比起来，可差得多了。律诗永远只有一个格式，但是新诗的格式是层出不穷的。这是律诗与新诗不同的第一点。作律诗无论你的题材是什么？意境是什么？你非把它挤进这一种规定的格式里去不可，仿佛不拘是男人，女人，大人，小孩，非得穿一种样式的衣服不可。但是新诗的格式是相体裁衣。例如《采莲曲》的格式决不能用来写《昭君出塞》，《铁道行》的格式决不能用来写《最后的坚决》，《三月十八日》的格式决不能用来写《寻找》。在这几首诗里面，谁能指出一首内容与格式，或精神与形体不调和的诗来，我倒愿意听听他的理由。试问这种精神与形体调和的美，在那印板式的律诗里找得出来吗？在那乱杂无章，参差不齐，信手拈来的自由诗里找得出来吗？

律诗的格律与内容不发生关系，新诗的格式是根据内容的精神制造成的，这是它们不同的第二点。律诗的格式是别人替我们定的，新诗的格式可以由我们自己的意匠来随时构造。这是它们不同的第三点。有了这三个不同之点，我们应该知道新诗的这种格式是复古还是创新，是进化还是退化。

现在有一种格式：四行成一节，每句的字数都是一样多。这种格式似乎用得很普遍。尤其是那字数整齐的句子，看起来好像刀子切的一般，在看惯了参差不齐的自由诗的人，特别觉得有点希奇。他们觉得把句子切得那样整齐，该是多么麻烦的工作。他们又想到作诗要是那样的麻烦，诗人的灵感不完全毁坏了吗？灵感毁了，还那里去找诗呢？不错灵感毁了，诗也毁了。但是字句锻炼的整齐，实在不是一件难事；灵感决不致因为这个就会受了损失。我曾经问过现在常用整齐的句法的几个作者，他们都这样讲；他们都承认若是他们的那一首诗没有做好，只应该归罪于他们还没有把这种格式用熟；这种格式的本身，不负丝毫的责任。我们最好举两个例来对照着看一看，一个例是句法不整齐的；一个是整齐的，看整齐与凌乱的句法和音节的美丑有关系没有——

"我愿透着寂静的朦胧，薄淡的浮纱，
细听着渐渐的细雨寂寂的在檐上，激打遥对着远
远吹来的空虚中的嘘叹的声音，
意识着一片一片的坠下的轻轻的白色的落花。"
"说到这儿，门外忽然灯响，
老人的脸上也改了模样；
孩子们惊望着他的脸色，

他也惊望着炭火的红光。"

到底那一个音节好些——是句法整齐的，还是不整齐？更彻底的讲来，句法整齐不但于音节没有妨碍，而且可以促成音节的调和。这话讲出来，又有人不肯承认了。我们就拿前面的证例分析一遍，看整齐的句法同调和的音节是不是一件事。

孩子们 | 惊望着 | 他的 | 脸色
他也 | 惊望着 | 炭火的 | 红光

这里每行都可以分成四个音尺，每行有两个"三字尺"（三个字构成的音尺之简称，以后仿此）和两个"二字尺"，音尺排列的次序是不规则的，但是每行必须还他两个"三字尺"两个"二字尺"的总数。这样写来，音节一定铿锵，同时字数也就整齐了。所以整齐的字句是调和的音节必然产生出来的现象。绝对的调和音节，字句必定整齐。（但是反过来讲，字数整齐了，音节不一定就会调和，那是因为只有字数的整齐，没有顾到音尺的整齐一这种的整齐是死气板脸的硬嵌上去的一个整齐的框子，不是充实的内容产生出来的天然的整齐的轮廓。）

这样讲来，字数整齐的关系可大了，因为从这一点表面上的形式，可以证明诗的内在的精神——节奏的存在与否。如果读者还以为前面的证例不够，可以用同样的方法分析我的《死水》。

这首诗从第一行

这是 | 一沟 | 绝望的 | 死水

起，以后每一行都是用三个"二字尺"和一个"三字尺"构成的，所以每行的字数也是一样多。结果，我觉得这首诗是我第一次在音节上最满意的试验。因为近来有许多朋友怀疑到《死水》这一类麻将牌式的格式，所以我今天就顺便把它说明一下。我希望读者注意，新诗的音节，从前面所分析的看来，确乎已经有了一种具体的方式可寻。这种音节的方式发现以后，我断言新诗不久定要走进一个新的建设的时期了。无论如何，我们应该承认这在新诗的历史里是一个轩然大波。

这一个大波的荡动是进步还是退化，不久也就自然有了定论。